良知是灵魂的声音

Conscience is the voice of the soul

[俄]列夫·托尔斯泰 著

冯春波 译

北京理工大学出版社
BEIJING INSTITUTE OF TECHNOLOGY PRESS

版权专有 侵权必究

图书在版编目（CIP）数据

良知是灵魂的声音 /(俄罗斯) 列夫·托尔斯泰著；冯春波译. -- 北京 : 北京理工大学出版社, 2022.12
ISBN 978-7-5763-1701-5

Ⅰ.①良… Ⅱ.①列…②冯… Ⅲ.①长篇小说—俄罗斯—近代 Ⅳ.①I512.44

中国版本图书馆CIP数据核字（2022）第170816号

出版发行 /	北京理工大学出版社有限责任公司
社　　址 /	北京市海淀区中关村南大街5号
邮　　编 /	100081
电　　话 /	（010）68914775（总编室）
	（010）82562903（教材售后服务热线）
	（010）68944723（其他图书服务热线）
网　　址 /	http://www.bitpress.com.cn
经　　销 /	全国各地新华书店
印　　刷 /	三河市金元印装有限公司
开　　本 /	880毫米×1230毫米　1/32
印　　张 /	3.5
字　　数 /	77千字
版　　次 /	2022年12月第1版　2022年12月第1次印刷
定　　价 /	26.00元

责任编辑 /	龙　微
文案编辑 /	李文文
责任校对 /	刘亚男
责任印制 /	施胜娟

图书出现印装质量问题，请拨打售后服务热线，本社负责调换

译者序

人为什么活着?生命的意义何在?这是常人会思考的问题,也是托尔斯泰写下这部以忏悔为主题的著作的缘由之一。

一般意义上的忏悔,是指人们认识到了自己的错误或罪行,表示痛心和悔改,而这里的忏悔,指的是教徒对自己的罪过表示痛心和悔改,以求得上帝赦免的一种赎罪方式。

据《圣经》所言,人类始祖亚当和夏娃偷吃禁果后构成了人类的原罪。西方文明是以原罪为根基而形成的文明,对于在这种文明中耳濡目染的人而言,忏悔成了一种精神存在方式。我们阅读的西方文学著作中,经常看到人们因做错事甚至犯罪而向上帝或牧师忏悔的情节,而在现实生活中更是如此。作家、哲学家、思想家凭着深刻的思想和高超的文采,写了众多以忏悔为主题的著作。

上帝创造人,所以生命之源来自上帝,人类必须时刻想到自己有负于上帝,人生产生的一切痛苦,都源自对上帝律法的违背。人人皆有罪,只有通过忏悔,才能洗净罪恶,获得新生。西方文明中的忏悔传统,是基督教的财富,也是西方文明的财富,从某种意义上说也是全人类的财富。一个民族,如果存有忏悔之心,其精神才能博大、深刻。一个社会的文明程度,跟有无忏悔密切相关。忏悔是人生航向的指南针,当生活偏离正道时就要纠正。也许我们能从忏悔文学中得到某些启示。

忏悔既能使人变得卑微，也能使人变得伟大。使人卑微的是，一个人在忏悔时，就是在承认自己的丑陋和卑劣，这需要巨大的勇气，去接受他人随之而来的鄙视、嘲讽和训斥。当杰出人物的心智发展到了足够高的水平，主动放低姿态进行忏悔以期救赎时，有些卑劣的人就会抓住机会，企图将其拉下神坛，以发泄内心的嫉妒，或者为一直以来近乎痴迷的崇拜受到欺骗而愤怒；使人伟大的是，在心胸开阔的人看来，这种敢于自我解剖、坦然面对缺陷、尊重真理的精神，是值得敬佩的。

列夫·托尔斯泰是19世纪中期俄国批判现实主义作家、思想家、哲学家。他于1828年9月出生于莫斯科南部一个俄国贵族家庭，童年时期，母亲和父亲先后离世，由姑妈抚养长大。1844年，进入喀山大学东方语言系，后转入法律系。他喜欢自由求知，对哲学，尤其是道德哲学颇有兴趣，深受卢梭、孟德斯鸠等启蒙思想家的影响，同时广泛阅读文学作品。1847年退学后，在自己的庄园尝试进行农奴制改革。1851—1854年在高加索军队中服役并开始写作，1854—1855年参加克里米亚战争。1855年11月进入彼得堡文学界，后来回到庄园居住。他脱离社交，安居庄园，购置产业，过着俭朴、宁静的生活，长期致力于农奴制改革和文学创作。从1863年起，他以6年时间写成了第一个里程碑式巨著《战争与和平》。1873—1877年，经过12次修改，他完成了第二部里程碑式巨著《安娜·卡列尼娜》。19世纪70年代末，他的世界观发生巨变，随后几年间写就了本书（1879—1882）。1881年，因子女求学全家迁往莫斯科。1889—1899年创作第三部长篇巨著《复活》。托尔斯泰的作品从各个角度反映当时的俄国社会，深刻批判统治阶级的残暴腐朽，为当时及后世称颂。

1879年，在《安娜·卡列尼娜》的创作行将结束时，托尔斯泰遭受了一场精神苦难，思想发生波动，世界观经历剧变。这是长期精神困扰的结果，是种种紊乱和矛盾的爆发，是对理想与现实脱节之困惑的表达：他拥有财富、声誉和地位，但经常感到羞愧和不安；他同情下层民众，但对他们缺乏信心；他试图推进农奴制改革，但面对的是农奴的麻木和冷漠；他脱离了贵族生活，但得不到家人的理解。托尔斯泰是一个富有正义感的贵族知识分子，他试图脱离旧秩序，创造一个公平、博爱的理想社会，在寻求新生活的过程中，清醒与软弱、奋斗与彷徨、哭喊与苦闷一直伴随着他。在这种精神危机中，何去何从成为托尔斯泰对自己生命的拷问，他的精神备受折磨。他烦闷不已，努力寻求解脱。他四下寻求帮助，博览众多书籍，学习了很多知识，进行了深入思辨，但越是思考，这种痛苦就越是挥之不去。

年过半百后，托尔斯泰写下了这本影响一代又一代人的著作，沿着自己的成长轨迹，探讨了生命的意义。作者从质疑信仰的真实性开始，以独特的视角重新审视生命，剖析自我，步步求索，在艰深精微的探求中寻找生命的意义。他详尽描述了自己对真理的探索，全书内容围绕寻找生命真谛展开：当人拥有了健康、财富、爱情、事业时，死亡却无法避免，这种吞噬一切的毁灭，能把人生所有的追求变成徒劳，那么生存的意义何在？托尔斯泰说，在弄清这一问题之前，他不得不拿走房间里的绳子，以免自己因想不开而自尽。最终，在与人类伟大思想者的共鸣中，托尔斯泰找到了生命的意义，并揭开了有关生命的秘密。从作者的自传式叙述中，我们可以看到伟人那独特的生活经历，以及19世纪俄国社会的发展、变迁。他在书中进行的深刻的思想剖析及严苛的自我检视，对生命意义何在的不断追问，对生命和人生的洞察，即使在近一个半世纪后的今天，依然能够给读者以感悟和启发。

本书是托尔斯泰三大巨著之外最为世人忽视却最深刻有力的作品，深度解答了生命的意义。它是托尔斯泰的心灵自白，是一部"认识生命"之书。

德·米尔斯基在《俄国文学史》中这样评价本书："这本书高于托尔斯泰的其他所有作品，这是一部世界性杰作，如我已冒险声称的那样，它与《约伯书》《传道书》和圣奥古斯丁的《忏悔录》处于同一级别。这是俄国文学中最伟大的雄辩杰作。唯独俄语有如此幸运，能用日常生活口语营造出《圣经》般庄严的效果。"

目录

第一章 - 001

第二章 - 007

第三章 - 013

第四章 - 019

第五章 - 025

第六章 - 033

第七章 - 041

第八章 - 047

第九章 - 051

第十章 - 059

第十一章 - 065

第十二章 - 071

第十三章 - 079

第十四章 - 085

第十五章 - 089

第十六章 - 095

结　论 - 099

第一章

我出生后接受洗礼成为东正教徒，童年时期被灌输东正教，青年时期理解了东正教。然而十八岁从大学退学时，我已经放弃了之前灌输给我的一切宗教信仰。回顾过往，我从未有过任何很严肃的信仰，那可能只是一种被灌输时基于对师长的信任，这种信任并不牢固可靠。

记得十二岁那年，有个名叫M.弗拉基米尔的中学生，现在已经去世很久了。他跟我们度过了一个周末，讲述了他们学校的最新发现，那就是根本没有上帝，我们在这方面被灌输的一切不过是胡编乱造（是发生在1838年的）。我记得很清楚，哥哥们对这个新闻很有兴趣，也让我参与讨论。我们都兴奋地接受了这个理论，觉得它特别吸引人，也很可能是真实的。我还记得哥哥德米特里当时在喀山大学求学时，天性冲动地迷上了某一宗教，经常去教堂做礼拜、斋戒，过起了纯洁、道德的生活。我们这些人甚至包括长辈都觉得这种行为很可笑，还给他起了"诺亚"①这个绰号。记得当时喀山大学的董事穆辛·普希金邀请我们参加舞会，为了说服我那拒绝邀请的哥哥，用嘲

---

① 诺亚：《圣经》中的人物，见《圣经·旧约·创世纪》第六至第八章上帝降洪水于世和诺亚方舟的故事。

弄的论点说连大卫都在约柜①前跳舞了。

我当时赞同大人们的这些玩笑,并从中得出结论:记住教义问答手册的内容,去教堂做礼拜,但不必过于看重自己的宗教义务。我还记得自己年纪很小时就读了伏尔泰抨击宗教的书,他的讽刺风格不但没让我感到厌恶,反而把我逗乐了。我从内心逐渐远离一切宗教信仰,跟我社会地位、文化背景相同的人就在这么做,也一直在这么做。在我看来,多数情况下,这种远离是这样发生的:信教的人和非信教的人一样生活,指导他们生活的,不是被灌输的那种信仰的原则,而是与这些原则截然对立的东西;信仰对生活没有影响,对人际关系也没有影响,它远离于生活而被独立信奉;如果这二者有机会接触,信仰也只是表面现象,而非生活的必要构成部分。

通过一个人的生活、行为,不可能知道他是否为真正的信仰者,当时如此,现在依然如此。一个公开信仰东正教教义的人,与一个不信教义的人,如果他们之间有区别的话,那这一区别并非对前者有利。公开信仰东正教教义的,主要是愚钝、残酷和以自我为中心之人。在那些非信仰者当中,人们更多情况下看到的是聪慧、诚实、坦率、仁爱和善行。学生需要接受教义问答教育并被送往教堂进行礼拜;成人需要出具接受圣餐的证明。然而,属于我们这一群体的人,既不上学也不受制于约束公职人员的规章制度,可能多年也没被人提醒自己生活在基督徒中间,并自认为和东正教徒一样。现在如此,以

---

① 约柜:装饰华丽的镶金木柜,用以保存书写有上帝与摩西所立之约(即十诫)的两块石板。见《圣经·旧约·历代志上》第十三章第六节至第八节、第十五章第二十五节至第二十九节。

前更是如此。

因此，现在跟以前一样，早期的宗教教育，仅仅依靠信任和权威来维持教学，却在后来对立的生活知识和实践经验影响下逐渐失去影响力。人们多年来常常相信自己的早期信仰依然如故，而实际上早已荡然无存。

有一位S先生，头脑聪明，为人坦诚，曾经对我讲述了他停止信仰宗教的过程。

26年前，他是某一狩猎队的成员。在躺下休息前，他按照童年的习惯，跪下来祈祷。在同一狩猎队的哥哥，正躺在麦草上注视着他。

S祈祷之后正要躺下，哥哥问他："唉，你还有这个习惯？"他们没再说什么，但从那天起，S不再祈祷，也不去教堂了。这三十年来，S没有祈祷过一次，没有接受过圣餐，更没有走进过教堂。这不是因为他跟哥哥有着同样的信念，而是因为他哥哥的话就像一根指头，推了一下因为自身负重而即将倒塌的墙壁。这些话语向他证实，他原来以为是信仰的东西，不过是一个空洞的形式。于是，他说的每一个字，画的每一个十字，祈祷时每一次低头，都是没有意义的。当他对自己承认这些行为本身毫无意义时，就只能将其放弃。这样，我相信对于大多数人来说，情况也是如此。

我谈到的是我们这个阶层的人，是做真实的自己的人，而不是利用宗教谋取世俗利益的人。（这些人的确是彻底的非信仰者，因为如果信仰仅仅用于达到世俗的目的，这根本不是信仰。）我们这一阶层的人有着这样的处境：积极的生活中那些知识和经验，已经击碎内心那人为构筑的信仰大厦，而且他们要么已经看到这一点，并清除了压在上面的废墟，要么一直没有意识到产生的毁灭性效果。

童年时期被人灌输的信仰，在我内心逐渐消失了，就像在很多人内心消失一样。然而，我与他人情况不同。从十五岁开始阅读哲学著作起，我就意识到自己并不信仰宗教。从十六岁起，我不再祈祷，也不再参加教堂的宗教仪式或者进行斋戒。我不再接受童年时期的信仰，但模模糊糊信仰某种东西，虽然并不确知它到底是什么。以前我相信有上帝，或者准确地说，我并不否认上帝的存在，但是跟这个上帝的性质有关的任何东西，我都无法描述。我既不拒绝接受基督，也不拒绝接受其教义，但其教义的核心是什么，我也无法说明。

现在，回首那段时光，我清楚地看到，我所有的信仰，我唯一相信可以影响我生活的，除了纯粹的动物本能之外，就是"可能存在自我完美"这一想法，尽管其本身是什么，或者其结果是什么，我不得而知。我在求知方面力求实现完美：生活在哪个方向给我机会，我的学习就朝着哪个方向延伸；我努力强化意志力，为自己制定规则，并迫使自己遵守；我利用旨在增强体质、改善灵活性的运动形式，竭力培养体能；通过习惯于忍耐，我主动使自己经受诸多艰难困苦的考验。要实现自己想要的完美，我认为这一切必不可少。首先，道德的完美在我看来是主要目标，这是不言而喻的。然而，我很快发现自己在考虑总体完美这一理想；换句话说，我希望自己更好，不是在自己眼中，也不是在上帝眼中，而是在他人眼中。这一想法很快变成了另一想法，就是渴望比他人掌握更多的权力，赢得更高的声誉和地位，获取更多的财富。

第二章

在未来某一时间，我可能会讲述自己的生活经历，仔细思考青年时代那些令人悲伤、富有教益的事件。很多人一定有着跟我相似的经历。我确实希望使自己成为道德高尚之人，但是我太过年轻，缺乏冷静，在寻求美德的过程中，我孤立无援，彻底地孤立无援。每次想要表达心中对真正高尚人生的渴望时，都会遭受藐视和嘲笑，可是一旦屈服于最低贱的情绪，则会受到赞扬和鼓励。我有了野心，热衷权力，贪恋金钱，耽于淫乐，为人傲慢，动辄发怒，喜欢复仇，却受人尊重。我屈服于这些情绪，于是就类似自己的长者了。我觉得这个位置，我在这个世界上占有的位置，让周围的人心满意足。我那个心地善良的姑妈，一位真正的好女人，时常对我说，有一样东西她尤其希望我能拥有——跟某位已婚女性的秘密关系：没有什么比和女性交往更能促进男青年的成长①。为了我的幸福，她还希望我成为一名副官，如果可能，就成为沙皇的副官。她认为我最大的幸福是应该娶到一位富有的新娘，作为嫁妆她会带来数量惊人的农奴。

　　现在，每当回首往日，就有种恐惧和憎恶的感觉，令人痛苦。

　　我曾在战争中杀人，在决斗中取人性命，沉溺于打牌，剥削农奴

---

① 原文为法文：Rien ne forme un jeune homme comme une liaison avec une femme comme il faut.

并挥霍得来的钱财，残忍地惩罚他们，跟荡妇寻欢作乐，欺骗男性。撒谎、抢劫、通奸、酗酒、暴力、谋杀，这种种罪恶我无一不曾染指，但同侪却依然认为我道德比较高尚。曾有十年时间，我就是这样生活的。

在那段时间，出于虚荣、贪婪和自负，我开始写作了。身为作家，我的思路与做人选择的思路相同。为利用笔杆子获取名誉和金钱，我被迫掩盖真善美，屈服于假恶丑。在写作过程中，我时常绞尽脑汁，用满不在乎或者幽默轻松的笔触，掩盖对更加美好的事物的向往，而这正是我生活的问题所在！我实现了目标，赢得了赞扬。在二十六岁那年，战争刚一结束，我来到圣彼得堡，结识了那一时期的作家。

我受到了热情接待和阿谀奉承。

我尚未来得及审视周围环境，就接受了这个作家群体的偏见和人生观，停止了对更加美好生活的追求。

这些观点，在我深陷其中的穷奢极欲的生活影响下，形成了一种人生理论，而这种生活则为其提供了理论支持。这些作家的人生观认为，生活是一个发展过程，其主要角色由我们这些思想家扮演，而在这些思想家中间，发挥主要影响的是诗人。我们的使命是教育人类。为了避免回答"我知道什么，我能教什么"这一自然而然的问题，我们让自己的理论包含着不需要知道的方案，但说明思想家和诗人在不知不觉中教育人们。我本人被视为出色的文学家和诗人，因此自然而然地接受了这一理论。

与此同时，虽然身为思想家和诗人，我写了什么、教了什么，自己也不清楚，但却得到了大量金钱。我食有美味佳肴，居有华美房屋，与放荡女性厮混，挥霍金钱招待友人，而且享有盛名。这似乎证明我所传授的一切必然是有益的。相信诗歌的意义及生命的发展是一种真正的宗教信仰，我就是尊贵的主教之一，而且有利可图。我长期怀有这一信仰，从未质疑过其真实性。

可是，这样生活到第二年，尤其是第三年，我开始质疑这一信条的正确性，并更加认真的思考。第一个令人怀疑的事实引起了我的注意，就是这一信仰的鼓吹者看法不一。有些人宣称只有他们是有用的导师，其他人毫无价值。反对他们的人也如此标榜自己。他们相互辩论、争吵、辱骂、欺骗。

此外，我们中间很多人对正确或者错误漠不关心，仅仅在乎个人利益。这一切迫使我怀疑我们的信仰是否站得住脚。

当我再次质疑这一信仰对文人的影响时，我开始更为仔细地审视其主要信奉者的人格及行为。我坚信这些作家生活堕落，大多是品行不端、无足轻重之人，道德水准远不及我以前酗酒无度的军事生涯时期结交的官兵。然而，这些人却有着自认为是圣人或者认为圣洁只是虚名的人才有的自信。

我开始厌恶人类、厌恶自己，并且明白这一信仰乃是一种妄想。最奇怪的是，尽管我很快看到了这一信仰的虚伪性，并宣布放弃这一信仰，却没有放弃凭借它谋取的地位；我仍然自称为思想家、诗人、导师，天真地认为，作为诗人和思想家，即使不知道想要传授什么，我也能够教育他人。与这些人为伍，使我向堕落的深渊又迈进了一步；与这些人为伍，使我自负到了极端病态的地步；与这些人为伍，使我传授知识却不知其为何物的自信濒临崩塌。

现在回望那段时光，想起自己以及这些人的精神状态（这种状态在很多人中间依然常见），就感觉它可怜、可怕、可笑，它在我们心中激起的，是走进疯人院时那种震撼的感觉。当时，我们都坚信应当发声、写作、发表，尽可能快、尽可能多，还坚信人类的幸福需要这些。我们很多人写作、发表、教授，一直相互驳斥、互相辱骂。连我们自己都一无所知，连生活中最简单的问题，也就是何为正确、何为错误，我们都不知道，却没有很好地意识到这一点。我们继续争先恐后地谈论着，没有一个愿意聆听，有时互相怂恿、互相吹捧，条件是轮流怂恿、吹捧，之后又气急败坏地相互攻击。总之，我们这帮人重现了疯人院的场面。千千万万疲惫不堪的工人日夜劳作，排版、印刷大量报刊和书籍，之后运往全国各地。然而，我们继续教授，教个没完，同时还生气地抱怨谁都把我们的说教当作耳旁风。

事态确实奇怪，但现在一清二楚了。我们所有的想法，真正动机是贪图金钱和赞扬，而要得到这些，除了撰写著作、出版报纸，我们别无他法。

但是，这样白白忙碌的同时，为了继续相信自己对社会实在重要，需要利用另一个理论支持我们的做法。我们采用的理论是：凡是存在的就是合理的；一切事物都是发展的产物，发展又是文明的产物；文明的衡量尺度是书籍和报纸的出版数量；我们因为出版书籍和报纸而获取报酬、赢得荣誉，因此是最有用、最优秀的公民。

如果我们看法一致，这种推理本来可能就毋庸置疑了。然而，由于我们当中每次有人发表观点，马上就会出现截然相反的观点，我们就不得不犹豫一番才接受它。但是我们不计较这个,我们得到了报酬,受到了那些看法一致的人们的赞扬,结果我们就是正确的。我现在明白了,我们自己和疯人院的患者之间没有区别。我当时对这一点仅仅稍微有些怀疑,而且像所有疯子一样,认为除了自己,别人都是疯子。

第三章

这种毫无意义的生活我又过了六年，之后结婚了。婚前一段时间，我曾前往国外。在欧洲的生活，以及跟众多声名显赫、知识渊博的外国人士的交往，使我更加相信普遍完美这一信条，因为我发现他们中间盛行这一理论。这一信仰在当今最有修养的人群中普遍存在，它可以总结为"进步"这个词语。之后，在我看来，这个词语有一个真正的意思。我当时没有明白，跟别人一样遭受着一个问题的折磨："如何完善自己的生活？"当我回答必须为进步而生活时，不过是在重复这样一个人的回答：他乘坐一只小船，风吹浪涌，小船漂泊。被问及"我们驶向何方"时，他说"我们正被驱往某处"。

　　这一点我当时没有明白。只在很少的时候，我的情感，而不是理智，才会受到刺激，去反对我们这个时代的普遍的迷信思想。这种迷信思想使人忽视自己对生命的无知。这样，在巴黎期间，有一次看到公开处决犯人，我明白自己对进步的迷信很不坚定。当我看到那颗脑袋离开身体，听到两者分别落入箱子时，我明白了，不是理智上明白了，而是从心底明白了：关于现存事物的合理性的理论，或者关于进步的理论，哪一个也无法解释这一行为的正当性。即使创世以来世间所有人，无论凭借什么理论认为它是必要的，它也并不必要；它是一件坏事，因此我必须对正确和必要的事物做出判断，不是根据人们的言行，也不是根据进步，而是根据我内心的感觉。

把对进步的迷信作为生命法则有其不足之处，另一个例子就是我哥哥去世这件事。哥哥很年轻时就病了，整整一年备受病痛折磨，之后，在剧痛中离世了。他很有才能，心地善良，性情严肃，但他到死也无法明白，活这一场有何意义，或者死亡对他来说意味着什么。在他漫长而痛苦的弥留阶段，不管对于他还是对于我，都没有什么理论可以解释这些问题。

然而，之后就很少有疑惑的时候了。总的来说，我继续信仰进步。"一切都发展，我自己也发展；为何如此，将来就会明白"，这是我不得不接受的套话。

回国之后，我在乡下定居了，忙于为农民筹办学校。这项工作让我特别愉快，因为它不需要虚情假意，而虚情假意在我作为文学导师的生涯中明显存在。

我再次以进步的名义工作，但这次情况不同，因为我给作为进步基础的体系带来了批判性研究精神。我告诉自己，人们经常以不理智的方式追求进步，有必要让未开化的人和农民的孩子完全自由地选择进步方式，这一点他们认为是最好的。实际上，我依然决心解决这同一个无法解决的问题，也就是教，而不知道必须教什么。以前在文学界最高层，我已经明白不可能做到这一点，因为我看到每个人的教授方式不同，教师们互相争吵，几乎无法掩饰自己的无知。

现在不得不跟农民的孩子打交道，我觉得可以让孩子们学习喜欢的内容，从而克服这一困难。当我想起用来将教书这一突然想法付诸实践的权宜之计时，似乎很荒唐，尽管心里清楚难以传授什么有用的东西，因为自己都不知道什么是必要的。

花去一年时间筹办学校之后，我又出国了，目的是发现如何在这种条件下进行教学。我相信在国外找到了方法，于是回到了俄罗斯。这一年，农奴获得了自由。我接受了乡村法官或者调停官这一职位，开始在学校为文盲授课，用自己出版的刊物为非文盲授课。

情况似乎进展良好，但我感觉自己的思维状态不正常，即将发生变化。如果不是一种新的体验，一种可能带来安全的体验，也就是婚后家庭生活，或许我可能就达到十五年后的彻底绝望状态了。曾有一年时间，我忙于调停官的种种职责、学校事务，还有报纸出版，耗费了很多时间和精力，疲惫不堪。我的调停工作是一场无休无止的煎熬，我越来越不知道在学校该做些什么，报纸出版工作让我越来越讨厌，总是同样的情况，那就是想教却不知道如何教、教什么，结果我生病了，精神比身体还要痛苦。于是，我放弃一切，到草原上呼吸新鲜空气，喝马奶，过着动物那样贴近自然的生活。

回去不久之后，我结婚了，沉浸在快乐的家庭生活中。我不再寻求生命的意义了，我关心的是家庭、妻子和孩子，结果也就关心如何更好地养活他们。我本来努力实现个人完美，后来则追求总体进步，现在则为家人的幸福而奋斗。这样，十五年过去了。在此期间，虽然我把写作看得无足轻重，却一直笔耕不辍。我经受过写作的诱惑，经受过酬金的诱惑，经受过垃圾作品带来的掌声的诱惑。我在诱惑面前屈服了，为的是改善物质条件，为的是压抑所有情感，这使我想要发现自己以及所有人生命的意义。在我的作品中，我教给人们的是我心中唯一的真理，也就是生活的目标应该是我们自己以及家人的幸福。

我按照这一原则生活着，但是五年前，思想有时会缺乏热情，这种状态对我来说很奇怪。我对生活一阵阵地感到迷茫，似乎不知道该如何活下去，不知道该做些什么。我开始游荡，精神萎靡。不过，这种状态结束了，我继续像原来那样生活。后来，这些困惑阶段越来越频繁，形式总是一样。困惑时，我内心总是冒出同样的问题："为什么？"以及"之后呢？"

最初，在我看来，这些疑问是空洞的、毫无意义的，所涉及的内容众所周知。无论何时，只要希望找到答案，轻而易举即可做到，之后却没有时间。然而，这些问题日益频繁地出现在脑海中，越发固执地要求回答，并汇成一个不祥的黑点。我像患上了隐藏的致命疾病，最初症状轻微，难以看出顽疾的位置，病人没有重视。后来，症状越发频繁，以至于最后有段时间病痛持续不断。病痛恶化，患者尚未求医，就要面临这一事实：本以为是微恙的疾病，现在则成了世间的首要事务，那就是面临死亡。

我在精神上恰恰就是这种情况。我意识到，这并不只是精神疾病一个转瞬即逝的阶段，这些症状极为重要，而且这些问题如果继续反复出现，必须找到答案。我努力回答这些问题了。它们看似那么愚蠢、那么简单、那么幼稚，但我刚一着手处理，就相信它们既不幼稚也不愚蠢，而是涉及生活中最重大的事情。我又一次知道自己完全没有能力找到答案。

在忙于自己的庄园、儿子的教育、书籍写作，我必须知道为何要做这些事情。在明白自己的行为动机之前，我什么也做不了，也无法生活。这段时间，管理家庭和庄园花费了大量时间。在思考管理细节时,脑海中浮现出这一问题:"是的,我目前在萨马拉省有六千俄亩①土地和三百匹马,那又怎么样呢?"我很迷惑,头脑中如一团乱麻。还有一次,在考虑应该如何教育孩子时,我问自己:"为什么?"这一次,在思考如何使人们幸福时,我又突然大声问道:"这与我何干?"当我想到自己的作品带来的声誉时,我常常问自己:"如果我的声望超过了果戈理、普希金、莎士比亚、莫里哀,超过了全世界的作家,那又怎么样呢?"我找不到答案。这样的问题需要答案,而且需要马上提供答案。没有答案,就不可能生活,但却没有答案。

---

① 1俄亩约合1.09公顷。

第四章

我的生活突然停滞不前了。我可以呼吸、吃饭、喝水、睡觉。我不可能阻止自己这样做，但我已经没有真正的生命力了。我根本不想为实现自认为合理的东西而继续生存下去。如果希望得到什么，我事先就知道，要想满足这一愿望，是不会有什么结果的，我仍然不会满意。如果有位仙女出现并提供我所渴望的一切，我也不知道该说什么。如果我在某一激动时刻似乎没有什么愿望，而只有源自以前的愿望驱使的某种情绪，在某一较为平静的时刻，我知道自己没有任何愿望只是一种错觉。我甚至不希望了解真相，因为我猜到真相是什么了。

真相就是，生活对我来说没有意义。生活的每一天，其中每一阶段，都让我更加接近悬崖，从那里可以清楚地看到，最终的毁灭就在眼前，想停下脚步，想转身回去，都是不可能的。我也不能闭上眼睛，避免看到等待我的只有痛苦，避免看到内心的死亡，甚至避免看到毁灭。于是，我这样一个健康而幸福的人，被迫认为自己不能再活下去了，被迫认为有一股无法抗拒的力量正将我拖进坟墓。我不是说自己打算自尽。将我拖离生活的那股力量，比任何愿望都更加强大、涉及更多后果；这股力量就像以前我对生活的热爱那般强大，只是方向相反。自尽这一想法，就像以前完善生活的想法一样，自然而然地就产生了。它对我很有吸引力，我被迫进行某种自我欺骗，以避免过于匆忙地将其付诸实施。我不想急于采取行动,只是因为我已决定首先清除紊乱的思维。一旦成功之后,我总有机会自尽。我很幸福,但是藏起了一根绳子,避免因为受到诱惑,而在每天傍晚独自更衣的书房求死,自尽时将绳子绑在两个柜橱之间的某根钉子上。我也不再携带枪支,因为这会使我更容易自取性命。我不知道自己想要什么,我害怕生活,我在生活面前向后退缩,然而,我却希望从它那里得到某种东西。

　　这就是我达到的境地。那时,我的生活从各方面来说都格外幸福;那时,我还不到五十岁。我有一位善良、慈爱、受人爱戴的妻子,还有可爱的孩子和美丽的庄园。我不必过多操劳,庄园就使收入一直增加;朋友和熟人比以往更加尊重我;陌生人赞扬我,我有资格说,我声名远扬,并没有多少自欺欺人的成分。此外,我没有精神混乱,也没有思维衰退。相反,我身心健康,是同一阶层和同为作家的人少有的:割草时,我可以跟得上农民,从事脑力劳动时,我可以连续工作十个小时,都不会有什么不良影响。

　　我当时所处的精神状态,对我来说似乎可以总结如下:我的生活不知是谁在我身上开的一个愚蠢、邪恶的玩笑。尽管拒绝接受有上帝存在这一观点,但有一个生物拿我开玩笑这一想法,在我看来是最自然的一个结论,也最能帮助我理解自己的困惑。我凭直觉推断,这个生物,无论它身在何处,都是那个连当时都在看着我、拿我取乐的家伙。而我,在三、四十年的学习和发展、精神和身体成长之后,所有能力都成熟并达到最能整体把握生活的程度了,却像个傻瓜站在那里,只清楚一件事情,即生命是空虚的,从未有过实在的内容,永远也不会有。"在他看来，我一定很可笑。不过，这样一个生物到底是存在还是不存在呢？"不管怎样，我都无法感到它有助于我。我无法为任何一个行为找到合理动机，更不用说我的生命了。我只是吃惊，以前我没有根据人尽皆知的前提想到过这一点。疾病和死亡将会到来（实际上它们已经到来），如果不是今天，那就是明天。它们会降临在我爱的人身上，降临在我的身上，那时，留下的只有尸臭和蛆虫。我所有的行为，无论什么行为，人们都会遗忘，我自己也无处可觅。那为什么还要忙忙碌碌？人们怎能看到了这一点还能活下去呢？或许只能活到生活不再让自己感到激动为止；我们一旦醒悟过来，就会明白它只是一个错觉，一个愚蠢的错觉！在这当中，既没有什么不合情理的，也没有什么令人愉快的，它只是残酷而荒谬。

有一则东方寓言，讲的是一个旅行者，在草原上遇到一头猛兽，为了自救，他躲进了一口枯井。但是，他看到井底有一条恶龙，张着血盆大口，要将他吞下去。这个不幸的人害怕外面那头野兽，就不敢出去；他又害怕这条恶龙，就不敢下去。于是，他抓住了井壁裂缝中一棵野生植物的枝子。他双臂开始感到疲惫，觉得很快就要丧命了。死亡在上下两个方向等待着他，但他依然坚持着。之后，他看到两只老鼠，一只黑的，一只白的，慢慢地、均匀地绕着那棵植物的茎啃食着，正将其咬穿。那棵植物可能很快就支撑不住了，就会从井壁上掉下来，他就会落入恶龙口中。看到这种情况，旅行者明白，自己必死无疑。但是，他吊在那里时，环顾四周，发现那棵植物上有几滴蜂蜜，就伸出舌头去舔。

我也这样紧紧抓着生活的枝子，知道死亡这条恶龙必然在等着我，准备将我撕碎。我不明白为什么自己就该承受这样的痛苦。我也拼命舔那些蜂蜜，它曾让我感到安慰，但现在已经没用了。但是，那只白老鼠和那只黑老鼠，日日夜夜啃食着我紧抓不放的枝子。我清楚地看到了那条恶龙，蜂蜜也不再甘甜了。我看到了那条使我无法逃脱的恶龙和那两只老鼠，但又不能移开目光。这不是寓言，而是活生生的、不可避免的真实状况，所有人都应该明白。

前面那个生活幸福的错觉，让我未能看到那条可怕的恶龙，但它已经骗不了我了。无论我怎样劝告自己都无法明白生活的意义，劝告自己我必须过着没有思考的生活，但还是情不自禁地看到，每个日夜的流逝，都使我更加接近死亡。我只能看到这一点，因为只有这一点是真实的，其他都是虚假的。跟其他任何东西相比，那两滴蜂蜜都更能使我远离残酷的现实，远离对家庭和自己文学艺术作品的热爱，它们对我来说已经不再甘甜。我想："我的家庭，仅仅一个家庭，由一个妻子和几个孩子构成，也是人啊，也会遭受我这样的状况；他们要么可能生活在谎言中，要么可能看到可怕的真相。他们为什么活着？我为什么应该关爱、照顾、养活、保护他们？是为了让他们跟我一样绝望吗？还是让他们变成傻瓜？既然我爱他们，就不能对他们掩盖真相：在知识方面每取得一点进步，就是在接近真相，而真相就是死亡。"

但艺术和诗歌呢？因为功成名就，又受人奉承，我一直使自己相信，尽管死神在接近，想毁灭我的作品，想毁灭作品留下的回忆，有些东西仍然值得为其奋斗。现在，我很快明白这只是另一种错觉，我很清楚，艺术只是生活的点缀。生活对我来说失去魅力之后，我怎能再使其他人发现其魅力呢？在我不是过着自己的生活，而是过着一个外来生活时，只要我相信生活有意义，即使说不出是什么意义，生活就在我钟爱的诗歌和艺术中反映出来了，往艺术这面镜子里看去，就让我感到愉快。但是，当我努力发现生命的意义时，当我感到做我自己的必要时，这面镜子要么变得没有必要，要么变得令人痛苦。我再也不能从镜中看到的一切得到安慰了——我的位置是愚蠢而绝望的。

当我相信生命有意义时，当光线照在玻璃上使我看到生命中一切滑稽、悲惨、感人、美好、可怕的东西时，我感到快乐，感到安慰。可是，当我知道生命毫无意义，而只是非常可怕时，光线的闪耀不再使我快乐。看到那条恶龙，看到那些老鼠啃食支撑我的枝子，什么蜂蜜也不能让我感觉香甜了。情况还不止于此。假如当初我一下子明白生命没有意义，可能很快就接受了，觉得这是应得的。可是我无法就这样无动于衷。如果我就像树林中的人那样，心里清楚走不出去，我可能会活下去。但是，我就像迷失在树林中的人那样，因为知道自己迷路了，就吓得到处乱跑，想找到出去的路。尽管心里明白，每走一步，离正确的方向就会更远，还是情不自禁地来回奔跑。

正是这一点才令人恐惧。为了摆脱这一点，我愿意自尽。等待我的东西，让我感到恐惧，我知道这种恐惧比位置本身更加可怕，但我没办法耐心等待结局。

有人说，心中或者别处的同样某个东西将会崩溃，一切都会结束。无论这种说法多么富有说服力，我还是无法耐心等待结局。对黑暗的恐惧让我难以承受，我渴望用绳子或者手枪脱离它。这一想法尤其让我想到自尽。

第五章

不过，也有可能我忽视了某种东西，未能理解某种东西。我常问自己，这种彻底绝望的状态，是否可能就是人们生来就要面对的。我想为这些问题寻找答案，这让我在人类知识的各个分支遭受折磨。我寻找这个答案，找得很苦，找了很久，不是仅仅出于好奇，也不是毫无热情，而是不屈不挠，夜以继日；我寻找它，就像将要丧命的人寻求安全那样迫切，可我什么也没有找到。我不但一无所获，还让自己相信，像我一样寻找的人也都一无所获，也像我一样绝望地相信，人类唯一可以彻底相信的是生命没有意义。我四处寻找，多亏了一生的学习，还有在学术界的地位，所有知识源泉我皆可利用，不仅通过书本，也通过人际交往。知识可以回答"生活是什么？"这一问题，而我就有这一优势。

　　很久之后我才相信，就这一问题，人类知识无法给出任何答案。科学赋予跟人类生命问题无关的很多理论以重要性，它探索这些理论时满是严肃的腔调。在我看来，考虑这两者时，我一定是误解了什么。有很长一段时间我很胆怯，不敢反对当今的知识，以为自己得到的答案难以满足需要，不是知识的过错，是自己过于无知。对我来说，这不是开玩笑的事，而是一生的责任。最后，我被迫接受这一结论：这些问题都是合理的、必要的，是所有知识的基础，而且提出这些问题并非我有过错，科学假装可以提供答案才有过错。

使我在五十岁那年几乎自杀的那个问题，是所有问题中最为简单的，是从幼小孩童到睿智老人都应该在心中听到的；正如我所体验的，缺少这个问题，生活就会举步维艰。

该问题如下："我现在正在做的，以及明天可能做的，会产生什么结果呢？"换种说法就是："我为什么要活着？我为什么要希望得到什么？我为什么要做什么？"再换种说法就是："我的生命是否有什么意义能够战胜不可避免的死亡？"

对于这个问题，对于这个以种种方式表达出来的问题，我在人类知识中努力寻找答案，但却发现，就这个问题，所有人类知识可以分为各有其极点的两个对立的半球，一个是否定的，一个是肯定的。不过，在这两端都不能为生命问题找到答案。有一个知识体系似乎否认这一问题的存在，不过，对于自己的独立问题，它都有清晰、确切的答案。这就是实验科学，在其最远一端的就是数学。另一个体系接受这一问题，但并不提供答案，这就是理论哲学体系。在其最远一端的则是玄学。从年轻时，我就痴迷于理论研究，后来，数学及自然科学使我很感兴趣，在我就生命意义向自己明确提出这一问题之前，直到它在我内心形成，在我感觉它需要马上得到答案之前，我都满足于知识提供的虚假、传统的答案。

就生活的实际方面，我常常告诉自己："所有一切都是发展、分化，所有一切都倾向于复杂和完善，有一些规律支配这一过程。你本身是整体的一部分。尽可能了解这一整体吧，了解其发展规律吧；之后就会知道自己在这整体中的位置，也能认识自己。"虽然承认这一点使我感觉难为情，我也必须承认，有一段时间，我自己也在发展，那就是当我的肌肉和记忆力逐渐增强时，我的思考和理解力也在增强。在我感到这一点时，很自然就认为，自己成长的规律就是宇宙的规律，它解释了我生命的意义。但是，又有一段时间，我停止了生长，感觉自己不是在发展，而是在枯萎，我的肌肉不那么结实了，牙齿开始脱落了，我看到这一生长规律不但什么也解释不了，而且这样一个规律并不存在，也不能存在。我把某一特定年龄时影响自己的东西误认为是普遍规律了。

刚一仔细探究这一虚假规律的本质，我就明白不可能有指导永恒发展的规律。如果说处于无限时空中的一切都是成熟、复杂、分化、完美的，那就是胡言乱语。这样的话毫无意义，因为无限的东西根本不懂得简单和复杂、过去和未来。这是一个对我来说极为重要的个人问题，但它依然没有答案："有这么多欲望的我是什么呢？"我明白知识的获取是有趣的，但是，它只能在其非适用性与生命问题成反比时给出明确结果。它与这些问题关系越小，就越明确；它越具备这些问题的答案的特点，就越不明确、越不吸引人。如果我们求助于生理学、心理学、生物学、社会学等知识分支，人类曾经努力在其中寻找生命问题的答案，就会看到它们极为缺乏思想，极为费解，声称可以解决能力之外的问题，却完全没有正当理由，而且思想家们一直在相互反驳，甚至一直在反驳自己。如果求助于跟生命问题无关的知识分支，却发现了它们自己某一特定科学问题的答案，我们就会非常欣赏人类的智力。但是，我们事先就知道不会得到生命问题的答案，因为这些知识分支完全忽视所有与其相关的问题。

那些声称精通这些知识分支的人说："我们无法说出你是什么，

你为什么活着。这样的问题我们并不研究。但是，如果你想知道光的原理、化学亲和性的原理、有机体发育的原理；如果你想知道支配不同物体的那些原理、它们的形式，以及跟数量和大小的关系；如果你想知道自己思维的原理，我们可以为每一点提供明晰、确切、绝对肯定的答案。"实验科学跟生命意义问题之间的关系，可以表述如下：

问题："我为什么活着？"

答案："无限微小的粒子，有无限的结合形式，在无尽的空间和无尽的时间内，永远改变其形式，当你得知了这些变化的规律，就会知道自己为什么活着。"我过去进行理论推定时常常告诉自己："精神原因是人的生命和发展的根本原因，是支配他的理想。这些理想通过宗教、科学、艺术和政体表现出来，并且逐步提升得越来越高，最后，人达到了至善。我自己是一个人，因此被要求协助人类的理想得到了解和接受。"

在我智力低下时期，这种推理对我来说是足够的，但是，生命的问题刚一真正出现在我心中，整个理论就立刻崩溃了。不用说骗人的不准确性，靠着它这种知识被迫将研究一小部分人之后得出的结果作为普遍结果提供出来；不用说这种理论在倡导者之间就什么是人类理想所存在的诸多矛盾；这种思考方法如果不算愚蠢，也算是奇怪，因为它为了回答每个人都会有的问题，也就是"我是什么"或者"我为什么活着"抑或是"我要做什么"，我们必须首先回答另一个问题："对于人类这个未知的群体，我们对其在极短时间内的极小一部分有所了解，他们的生活对于我们来说算什么呢？"

为了明白自己是什么，人必须首先知道那个神秘的人类是什么，而这个人类由像他一样的其他人构成，而这些人又对自己是什么一无所知。

我承认，有一段时间，我相信这一点。那时，我有自己珍视的理想，这些理想决定我会反复无常；那时我想努力形成一个理论，它应该能使我将自己的异想天开视为人类的一个规律。然而，我已清楚地感受到生命的意义这一问题，我提供的理论上的答案就被永远否定了。我明白，正如在实验科学中有真正的科学，也有假装可以为自己能力之外的问题提供答案的半科学，在理论知识领域，也有诸多高度复杂的哲学试图这么做。这种半科学，即法学和历史社会学，努力确定与人及其生命有关的问题，办法是以各自的方式确定另一个问题，即人类整体的生命的问题。

但是，正如在自然科学领域，一个为"我该如何生活"这一问题认真寻找答案的人，不可能满足于这一答案，即如果自己在无限的时空中研究无穷粒子的无穷的结合体和变化，他就会知道自己的生命意味着什么。因此，一个真诚的人不会满足于另一个问题："研究人类整体的生命，之后，尽管我们不知其开端，不知其结尾，也不知其部分，你就会知道你的生命意味着什么。"

这些假科学是这样，假的实验科学也是这样，它们模糊、不准确、愚蠢、自相矛盾，正好与其跟正业的偏离成正比。精密科学的问题是物质现象中的因果更迭。如果精密科学提出了有限原因这一问题，它就犯了一个荒谬的错误。理论科学的问题在于没有原因的生命的存在这一概念。现象的产生原因这一问题刚一提出，比如社会和历史现象的产生原因，理论科学也会陷入荒谬。实验科学提供积极的结果，显示人类智慧的伟大，但只是当它并不探究有限原因时；相反，理论科学只有彻底抛弃现象的更迭，考察与有限原因相关的人，才能显示出人类精神力量的伟大。在科学的这一领域，这才是其首要分支，即玄学或哲学的职能。它是所有其他分支的极点。

这一科学明确提出了这一问题："我是什么？我周围的世界是什么？我和世界为何存在？"而且一直以同样的方式回答这一问题。无论哲学家如何命名存在于我和其他所有生物心中的生活原则，不管他称其为观点、物质、精神还是意志，他仍然说它是一个现实存在的事物，而且我是真实存在的；然而，为什么是这样，他却并不知道，也不想努力解释自己是否为严谨的思想家。

我问"为什么这一现实应该存在？它现在存在、将来存在，又会有什么结果呢？"哲学无法回答，它本身也只能提出这一问题。如果它是真正的哲学，其全部任务就是应当明确提出这一问题。如果它坚决不肯越雷池一步，回答"我和周围世界是什么？"这一问题时，就只能说"要么是一切，要么一切都不是"。而对于"为什么"这一问题，它只能说"我不知道"。这样，无论怎样反复考虑哲学提供的那些理论答案，我这一问题也从未得到一个答案。这不像在实验知识领域那样，因为其中的答案跟问题没有关系，而是因为在这里，尽管为这一问题付出了巨大精力，还是没有答案，而且我不但没有得到答案，还收回了自己的问题，而且形式更为复杂了。

第六章

在为生命问题寻找答案过程中，我的感觉跟林中迷路的人是一样的。他来到一片辽阔的平原，爬上一棵大树，环视周围，看到的是无垠的空间，没有一座房子，他也明白不会有的。他走进密林，走进黑暗，看到的也是黑暗，但仍然没有房子。我也是这样迷失在了人类知识的密林中，迷失在了数学和实验科学的暮色中，后者让我看到了清晰、遥远的地平线，那个方向不可能有房屋。我也迷失在了哲学的黑暗中，每走一步都会陷入更深的黑暗中，直到后来，我终于相信没有结果，也不会有的。当跟随似乎是知识之光的东西时，我看到自己只是离开了真正的问题。

尽管远方清晰展现的地平线吸引着我，尽管迷失在无限的知识中也让我着迷，但我明白，它越是清晰，我就越不需要它，它就越不能为我的问题提供答案。

我对自己说："我现在知道了科学非要了解的一切，但从科学那里无法获得关于生命意义这一问题的答案。"我看到，尽管我这一问题的答案已经成为哲学探寻的直接目标，或者可能因为这一点，它只是提供了我给自己的答案："我的生命有何意义？没有意义。或者我的生命会有何结果？没有结果。或者为何存在的一切要存在，而且为何我要存在？因为它确实存在。"当我求助于科学某一分支时，我得到了无数确切答案，但回答的都是我没有提出的问题：关于恒星和行星的化学成分，关于太阳和武仙星座的运动，关于物种和人的起源，关于无限微小和没有重量的空气粒子。但是，我那个生命意义问题的唯一答案是："你就是你称为生命的事物，也就是一个暂时的、偶然的粒子团。这些粒子的相互作用和反应，已经产生你称为自己生命的事物。这一粒子团在某段时间会继续存在，之后，这些粒子的交互作用将会停止，一起结束的，还有你称为自己生命的事物，以及你所有的问题。你是偶然组合的一团某种事物。这一团事物会经历分解，这一分解叫作生命；这一团事物散开，分解停止，一起停止的还有怀疑。"这就是来自人类知识的明确的一面的答案，而且如果它遵守自己的原则，就不会给出别的答案。

然而，这样一个答案根本无法回答这一问题。我想知道我生命的意义，而它是一个无穷粒子这一事实，不但不能给它一个意义，还毁灭了存在某种意义的可能性。实验科学向理论科学进行妥协，说生命的意义在于发展，以及为实现这一目标所做的努力。这一说法有其模糊性和欠准确性，并不能视为一个答案。人类知识的理论一面，在其坚持自己的原则时，一直而且仍然给出同样的回答："世界是一个永恒的事物，是不可理解的。人的生命是这一不可想象的整体的不可想象的一部分。"

我又一次暂不考虑理论科学和实验科学之间的那些妥协。它们产生于伪科学，即所谓的法学、政治经济学和历史学。在这些科学中，我们又有一个对发展和完善的错误看法，但有一个区别：以前的发展是一切事物的发展，现在的发展则是人类生命的发展。不过，不准确性还是一样：处于无限之中的发展和完善不会有目标，也不会有方向，因此不会给出我这个问题的答案。每当理论知识精确无误时，在哲学忠于自己的原则而不仅仅像叔本华所说的"教授哲学"那样，将所有现存的现象重新分类、重新命名的情况下——在哲学家没有忽视首要问题的任何情况下，答案总是一样，也就是苏格拉底、叔本华、所罗门和佛祖提供的答案。"我们越是远离生命，就越是接近真理"，苏格拉底在为死亡做准备时如是说。我们这些热爱真理的人在生命中追寻什么呢？是为了脱离肉体以及肉体中伴随生命的所有邪恶。果真如此，那我们为何不为死亡的到来感到高兴呢？

哲人毕生都在寻求死亡，死亡之于他并不可怕。叔本华这样说："将意志作为宇宙的最终原则加以接受吧。在所有现象中，从大自然不为人觉察的趋势，到人类有意识的活动，只承认那个意志的客观性吧。我们仍然不能消除这一合乎情理的后果，即那个意志刚一行使其放弃、否认和破坏自己的自由，所有现象随之消失。结束的还有持续不断的努力和冲动，它们没有目标，没有间歇，丝毫不输于宇宙存在其中和借以存在的客观性。结束的还有种种后继的形式，跟形式一起消失的是其假设、空间和时间，连形式的最后和最根本的元素，即主体和客体，也会消失，留给我们的只有虚无。但这一毁灭过程受到了我们的本性、我们的生存决心的对抗，这使我们自己得以生存，也使宇宙得以生存。我们非常害怕毁灭，或者说我们非常希望生存，仅仅表明我们自己只有那个愿望，除此之外再不知道别的。结果，意志毁灭后，留给我们的，除了又是意志，肯定别无其他。另外，对于那些意志已经自毁的人来说，我们这整个物质宇宙，连同那些恒星和银河，都不存在。"

"虚空的虚空，"所罗门说，"虚空的虚空，凡事都是虚空。人一切的劳碌，就是他在日光之下的劳碌，有什么益处呢？一代过去，一代又来，地却永远长存……已有的事，后必再有；已行的事，后必再行。日光之下并无新事。岂有一件事人能指着说：这是新的。哪知，在我们以前的世代，早已有了。已过的世代，无人纪念。将来的世代，后来的人也不纪念。"

"我传道者在耶路撒冷做过以色列的王。我专心用智慧寻求查究天下所做的一切事，乃知上帝叫世人所经历的，是极重的劳苦。我见日光之下所做的一切事，都是虚空，都是捕风……我心里议论，说，我得了大智慧，胜过我以前在耶路撒冷的众人，而且我心中多经历智慧和知识的事。我又专心察明智慧、狂妄和愚昧，乃知这也是捕风。因为有多智慧，就有多愁烦；加增知识，就加增忧伤。"①

"我心里查究，如何用酒使我肉体舒畅，我心却仍以智慧引导我。又如何持住愚昧，等我看明世人，在天下一生当行何事为美。我为自己动大工程，建造房屋，栽种葡萄园，修造园囿，在其中栽种各样果木树，挖造水池，用以浇灌嫩小的树木。我买了仆婢，也有生在家中的仆婢，又有许多牛群羊群，胜过以前在耶路撒冷众人所有的。我又为自己积蓄金银和君王的财宝，并各省的财宝，又得唱歌的男女和世人所喜爱的物，并许多的妃嫔。这样，我就日见昌盛，胜过以前在耶路撒冷的众人。我的智慧仍然存留。凡我眼所求的，我没有留下不给他的，我心所乐的，我没有禁止不享受的……后来我查看我手所

---

① 以上两段见《圣经·旧约·传道书》第一章。

经营的一切事,和我劳碌所成的功,谁知都是虚空,都是捕风,在日光之下毫无益处。"

"我转念观看智慧、狂妄和愚昧……我却看明有一件事,这两等人都必遇见。我就心里说,愚昧人所遇见的,我也必遇见,我为何更有智慧呢?我心里说,这也是虚空。智慧人和愚昧人一样,永远无人纪念,因为日后都被忘记,可叹智慧人死亡,与愚昧人无异。"

"我所以恨恶生命,因为在日光之下所行的事,我都以为烦恼,都是虚空,都是捕风。我恨恶一切的劳碌,就是我在日光之下的劳碌,因为我得来的必留给我以后的人……人在日光之下劳碌累心,在他一切的劳碌上得着什么呢?因为他日日忧虑,他的劳苦成为愁烦,连夜间心也不安。这也是虚空。人莫强如吃喝,且在劳碌中享福……"[1]

"凡临到众人的事,都是一样。义人和恶人,都遭遇一样的事。好人、洁净人和不洁净人,献祭的与不献祭的,也是一样。好人如何,罪人也如何。起誓的如何,怕起誓的也如何。在日光之下所行的一切事上,有一件祸患,就是众人所遭遇的,都是一样,并且世人的心,充满了恶。活着的时候心里狂妄,后来就归死人那里去了。与一切活人相连的,那人还有指望,因为活着的狗,比死了的狮子更强。活着的人,知道必死。死了的人,毫无所知,也不再得赏赐,他们的名无人纪念,他们的爱,他们的恨,他们的嫉妒,早都消灭了。在日光之下所行的一切事上,他们永不再有份了。"[2]

---

[1] 以上三段见《圣经·旧约·传道书》第二章。
[2] 《圣经·旧约·传道书》第九章。

所罗门这样说，或者写下上面这些话的人这样说。下面则是一位印度智者说的："释迦牟尼是某一王位的继承者，年轻而又快乐，从未见过疾病、衰老和死亡。有一次驾车在外，他看到了一位相貌丑恶、牙齿掉光的老人。这位王子颇为吃惊，问车夫这是怎么回事，为什么这位老人处于这种可怜、可恶的状况。得知这是所有人的共同命运，而他，虽贵为王子，青春年少，将来也必然如此，他无法继续前行，遂命令车夫赶车回家，好有时间仔细思考这一切。他把自己关在房子里进行思考。他或许想到了什么，让他感到了安慰，因为他登上马车，心情愉悦地离开了。这一次，他遇到了一位生病的男人。这男人疲惫不堪、脚步蹒跚、脸色发蓝、目光黯淡。王子停下车，问这是怎么回事。得知这是生病了，所有老人都会遭受这一命运，他自己虽为年轻、快乐的王子，第二天也可能这样，他再次失去了玩乐的兴致，遂命令车夫驱车回家。他在家又一次寻求心灵的平静，而且可能遂愿了，因为不久之后，他第三次乘车出发了。然而，这一次他看到了不一样的情景：一些人抬着什么从旁边走过。'那是什么？''尸体。''尸体是什么意思？'王子问道。有人告诉他，要变成尸体，就是变成他面前这个人的样子。王子下车，走近尸体，掀开盖子看了看。'他以后会怎么样呢？'王子问道。有人告诉他，这具尸体将被塞入土里挖的一个坑。'为什么？'"

"因为他再也不会活着了，而只会发臭、生虫。""这就是所有人的命运吗？我也会这样吗？我将来也会被埋入地下，发臭、生虫吗？""是的！""回去！我不想再驱车出行了，再也不会了。"

这样，释迦牟尼无法在生活中找到安慰。他认为生活是个巨大的祸害，就投入全部精力，让自己和他人摆脱生活。这样，死亡之后，生命就不再重新开始，生命的根源就除掉了。所有印度智者都这样说。这里，我们只有人类智慧可以为生命问题提供的那些直接答案。

"身体的生命是邪恶的，是一个谎言，所以，消灭生命是我们应该希望的好事，"苏格拉底说。

生命不应该存在，"它是邪恶之物，消失才是其唯一的好处，"叔本华说。世间的一切，不管是愚蠢还是智慧，不管是富裕还是贫穷，不管是快乐还是悲伤，都是虚无的、没有价值的。人死了，一无所剩，这又是虚无的，所罗门说。

"知道痛苦、疾病、衰老和死亡不可避免，要想活着是不可能的；我们必须消除生命，消除活着的可能性，"佛祖说。

这些圣贤所说的，无数人所思、所感的，我都想到了，也感到了。

这样，我在知识领域的涉猎不但未能消除自己的绝望，反而使其增强了。一个知识分支根本没有回答生命问题，另一个给出了坦率答案，证实了我的绝望，并且说明我陷入的状态不是误入歧途的结果，不是精神失常的结果，相反，却是思维正确的结果，是跟人类中大智大慧者结论一致的结果。

我是欺骗不了的。一切都是虚空的。不幸就要产生。死亡胜于生命，生命的负担必须摆脱。

第七章

我未能在知识中找到一个解释，就开始在生活中寻找，希望在周围人当中发现它。我开始观察像我这样的人，观察他们如何生活，如何实事求是地对待这一问题，这一曾经使我绝望的问题。

下面是我在跟我社会地位和观点相同的人群中发现的结果。

我发现对那些跟我地位相同的人来说，有四种方式可以逃离我们所处的可怕境地。

第一种逃离方法是通过无知，其主要特征是意识到而且明白生命是邪恶、荒唐的。这一阶层的人主要是女性，或者要么年轻、要么愚蠢的男性，他们尚未明白叔本华、所罗门和佛陀看到的生命问题。他们没有看到那条恶龙正等待自己，也没有看到那些老鼠正啃穿他们紧握的那根枝条，而是品尝了那几滴蜂蜜。然而，他们仅仅舔了一会儿蜂蜜；某种东西使他们注意到了那条恶龙和那些老鼠，于是品尝结束。从这些情况中我什么也没有明白，我们无法不知道我们确实知道的。

第二种逃离方法是通过享乐，其关键特征是，在我们知道生活毫无希望时，利用其中每一点好处，避免看到那条恶龙和那些老鼠，尽力寻找那些蜂蜜，尤其是在蜂蜜最多的地方。所罗门这样描述逃离这一困难的方法："我就称赞快乐，原来人在日光之下，莫强如吃喝快乐，因为他在日光之下，上帝赐他一生的年日，要从劳碌中，时常享受所得的。你只管去欢欢喜喜吃你的饭,心中快乐喝你的酒……当同你所爱的妻快活度日,因为那是你生前,在日光之下劳碌的事上所得的伤。凡你手所当做的事,要尽力去做,因为在你所必去的阴间,没有工作,没有谋算,没有知识,也没有智慧。"①

我那个圈子里大多数人就是这样向命运妥协、让自己活下去的。从自己所处的状况,他们对生活的善的了解超过对其恶的了解,其钝化的道德见解使其可以忘记,自己所有的优势都是偶然得来的,不是所有人都可以像所罗门那样妻妾成群、宫殿众多。对于拥有一千个妻子的人来说,会有数千个人没有妻子;对于每座宫殿来说,可能有数千人辛辛苦苦建造它;今天使我成为所罗门的可能性,明天也会使我成为所罗门的奴隶。这些人想象力迟钝,使其忘记破坏佛陀内心平静的那些东西,即不可避免的疾病、衰老和死亡,如果不是今天,就是明天,必定会终止他们所有的快乐。

这就是我们时代大多数上层人的所思所感。他们中一些人将其思考力和想象力的愚钝称为实证哲学,在我看来,并未将其与那些为避免看到真正问题而寻找和舔舐蜂蜜的人分开。我无法模仿这样的行为,因为我的想象力没有像他们的那样遭到弱化,我不能假装阻止其行为。我像每个真正生活的人一样,一旦看到了那些老鼠和那条恶龙,就无法扭头不看。

第三种逃离方法是通过性格力量,主要特征是发现生命有害而荒唐时,将其铲除。只有性格坚定的人才能做到这一点。明白了在我们

---

① 《圣经·旧约·传道书》第九章。

身上开的这个玩笑很愚蠢，明白了亡者远比生者幸福这一点，他们即刻结束这一对生命的拙劣模仿，乐于使用任何办法，如上吊、投水、刺破心脏或者卧轨。我这一阶层中这样做的人不断增多，他们往往处于生命的鼎盛时期，身体健康，很少染上削弱脑力的习惯。我发现这种逃离方法最好，希望能够使用。

第四种逃离方法是利用软弱。其主要特征是，尽管生命有害而荒唐这一点众所周知，尽管意识到它不会有什么结果，但还是要勉强活着。有这种性格的人知道，死亡胜过生命，但无力按照理性的指引采取行动，结束欺骗，自取性命。他们似乎在期待发生什么。这种逃脱方法只有性格软弱者才能使用，因为假如我知道哪种方法更好，而且有能力使用，为何不用呢？我就属于这类人。

我这一阶层的人就是利用这四种方法摆脱可怕矛盾的。即使绞尽脑汁，我也发现不了第五种方法。第一种方法是忽视这一事实，即生命乃虚无和罪恶的无意义混合——不知道这一点最好不要活着。对我来说，不知道这一点是不可能的，而且当我看到真相时，我无法视若无睹。第二种办法是不去思考未来，按照生命本来的样子对其进行充分利用。这个我也无法做到。我像释迦牟尼那样，知道存在着衰老、痛苦和死亡时，就无法驾车去游乐场了。我的想象力对此来说过于活跃了。此外，罕有的几个片刻享受了短暂的快乐，会让我内心感到悲伤。第三种办法，知道生命是有害而愚蠢的，要使其终结，要杀死自己。我理解这一点，但还是不想自尽。第四种办法是接受所罗门和叔本华所描述的生命，知道生命是一个愚蠢、荒唐的玩笑，但依然活着，洗澡、穿衣、吃饭、谈话，甚至写书。这种状况使我感到痛苦、厌恶，但我依然身处其中。我现在明白，当时没有自尽，是因为我隐约感到自己的看法是错误的。我和世上的哲人都认为生命没有意义，这一观点在我看来无论多么令人信服、多么无可争辩，还是懵懵懂懂地怀疑自己结论的真实性。这一观点是这样形成的："理智告诉我，生命与理智相悖。如果没有什么高于理智（确实也没有），理智就是我生命的造物主；如果没有理智，对我来说就不会有生命。理智否定生命，同时又是其创造者，这怎么可能呢？但是，从另一方面来说，如果没有生命，我就没有理智，结果，理智产生于生命，生命就是一切。理智是生命的产物，但却否定生命。"我感觉这里有问题。我告诉自己："生命无疑没有意义，是罪恶的，但我一直活着、依然活着，人类也一直活着、依然活着。那么这是怎么回事呢？为什么所有人活着，但所有人又会死亡？难道只有我和叔本华足够聪慧，可以理解生命那无谓的空虚和罪恶？"

我获得的知识，得到了哲人的智慧的证明。这些知识让我看到，世间的一切，无论是有机物还是无机物，都安排得极为巧妙，只有我的位置除外。不过，众多愚蠢的人对世界的有机或无机结构一无所知，但却继续活着，觉得自己的生命安排得完全合理！之后我想："如果还有什么需要我知道，那该怎么办？毫无疑问，这正是愚昧的表现方式。是的，它总是准确无误地说出我现在所做的！人所不知道的，他们就说是愚蠢的。这真的可以归结为：人类作为一个整体一直活着，也正在活着，似乎明白生命的意义，因为不这样做，他们就根本不能活着，但是我要说，生命没有意义，我无法活着。"

没有人通过自尽阻止我们对生命的否定，不过如果你自尽，就不会再就这一问题进行辩论了。如果你不喜欢生命，那就自尽。如果你找不到生命存在的理由，那就结束它，不要继续又说又写，表示自己无法理解生命。你已经身处一个快乐的群体当中，所有人都心满意足，都知道自己在做什么，只有你感到厌烦、感到恶心，那就滚出去吧。

不过，我们算什么呢？相信自尽是必要的，却依旧不能付诸行动。我们只是些懦弱无能、反复无常的家伙；更准确地说，是愚蠢的家伙，走到哪里都很愚蠢，就像小丑在帽子上写着自己的名字一样。

的确，无论我们的智慧有着多么牢固的真理基础，仍然没有使我们了解生命的意义。但是，许许多多活着的人对生命的意义并无质疑。

连我对生命也有所了解。从它开始的远古时代起，曾经活着的人虽然知道生命毫无意义，但他们依然活着，而且赋予了生命自己的意义，这一点毫无疑问。不管对人类来说开始的是哪种生命，从此以后，他们对其都有自己的看法，就这样一直活到我自己这个时代。我身体之内和身体周围的一切，不管是有形的还是无形的，都源于他们对生命的了解。我用来谴责生命的那些精神工具，不是我创造的，而是他们创造的。我出生、成长、长大，都是因为他们。他们开采铁矿，教人砍伐森林、驯化牛马、种植谷物、与人和谐生活；他们使我们的生活有了秩序和形式；此外，他们教会我如何思考、如何讲话。而我，他们双手塑造的结果、他们的养子、他们的学生，却向他们证明他们自己毫无意义！"这里肯定有什么出问题了。我犯了某个错误。"我这么说，但是我却未能发现错误何在。

第八章

所有这些疑惑，我差不多可以清清楚楚表达出来了，当时则解释不清。我那时仅仅觉得，虽然就生命的虚无来说，我的结论具有逻辑确定性，也得到了那些最伟大思想家的肯定，但是其中存在着问题，这些问题是存在于结论本身，还是存在于问题的提出方式，我并不知道，我只是觉得，尽管我的理智完全信服了，但这还不够。我所有的推理也不能使我采取行动时按照自己的信念，即自尽。如果我说只有理智使我处于当时的状况，我应该没有坦诚相告。毫无疑问，理智发挥作用了，但是另一种东西也发挥作用了。这种东西我只能称为生命的本能意识。我内心还有一种力量发挥作用，它使我将注意力集中在一个而非另一个事物上，正是它使我脱离了危险境地，彻底改变了我的思路。这一力量使我想到，我和许许多多跟我一样的人并未构成人类的全部，我仍然不知道人的生命是什么。

　　当我看着跟自己社会地位相同者构成的有限圈子时，只看到了没有理解这一问题的人，用刺激的生活使自己不必更好理解这一问题的人，理解了这一问题并自尽的人，以及理解了但却因为软弱而继续生活在绝望之中的人，我没有看到其他的。在我看来，我这个小圈子里那些博学、富裕、懒惰的人构成了人类的全部，许许多多生活在圈子之外的，是动物，而不是人。

　　现在，对我来说无论多么奇怪，多么不可能，多么不可想象，虽然我思考生活，竟然也忽视周围所有人的生活，竟然误以为只有所罗门、叔本华这种人的生活，以及我的生活，才是真实而恰当的，而许许多多普通人的生活则不值得考虑。这一点目前在我看来无论多么奇怪，当时我就是这么认为的。因为对自己的智力感到自豪，我错误地认为，我以及所罗门和叔本华已经准确表达了这一问题，不可能有其他形式，这是毋庸置疑的。所有这许许多多的人都未能看到这一问题的深度，我已经寻找自己生命的意义；我从未想到过要这样思考：许许多多在世间生活过和正在生活的人，他们给过生命什么意义？他们现在给予生命什么意义？

我长久地生活在这种精神反常状态中，尽管其种种理论并不总是得到公开承认，它在所谓的社会上最博学、最开明者中间并不少见。我对劳动阶层怀有一种奇怪的本能的喜爱，这促使我理解他们，并希望看到他们并不像我们认为的那样愚钝。我真心相信自尽是明智的，除此之外一无所知。不管是因为前者，还是因为后者，我觉得如果自己希望活着，并且理解生命的意义，我不能在无法掌控生命而希望自尽的人当中寻找它，应该在众多生者和死者当中寻找它，他们使我们有了现在这样的生命，双方的生命重担都在他们肩上。

于是，我看着如此众多死者和生者共有的生命，普普通通、缺乏知识、生活拮据者的生命，发现了迥然不同的东西。所有这些人并不属于我所划分的类别，几乎没有例外。我无法将其算作并不理解这一问题的人，因为他们明确提出而且回答了这一问题。我无法将其算作享乐主义者，因为在他们的生命中，贫困和痛苦多于快乐。将他们算作违背自己的理智、熬过没有意义的一生者，就更不可能了，因为他们生命中的每一个行为，以及死亡本身，都由其自己解释。他们将自尽视为最大的恶事。在整个人类历史上，人们似乎赋予了生命一种意义，但我忽视也鄙视了这种意义。它可以总结为，以理智为基础的知识拒绝给予生命某种意义，拒绝使生命成为探究的目标，而构成整个人类的芸芸众生赋予的那种意义，是以遭受鄙视的、错误的知识为基础的。

以理性为基础的知识，即博学、智慧之人的知识，拒绝赋予生命某种意义，而人类其他众多成员对生命有着非理性的看法，赋予了生命一种意义。

这种非理性的知识就是信仰，我只能拒绝接受。三位一体的上帝、六天内创造世界、魔鬼和天使，所有这些，在我思维清晰时都无法理解。我的处境非常糟糕。根据理性赋予人的知识，我知道自己得到的只能是对生命的拒绝，从信仰得到的只能是对理性的拒绝，后者比拒绝生命的可能性更小。前者的结果是，生命是一种恶，人也知道它是一种恶，人如果愿意结束生命，那么他们却继续活着。我自己也继续活着，尽管我很长时期都知道生命没有意义，也没有好处。后者的结果是，为了理解生命的意义，我必须放弃自己的理性，因为没有它的指导，任何事物都没有意义。

第九章

某个矛盾阻止了我，这只能以两种方式加以解释：要么是我称为合理的东西并不像我认为的那么合理，要么是我称为不合理的东西并不像我认为的那么不合理。我开始检验指引我获得推理性知识的结论的思维过程。

刚一开始这么做，我就发现这一过程完美无缺，不可避免会得出生命虚无这一结论，但是，我发现了一个错误。这一错误就是，我没有集中精力去思考提出的问题。这个问题就是我为什么应该活着，即真实而不可磨灭的东西将会产生于我这虚幻而易逝的生命——在无限的宇宙中，我这有限的存在有何意义呢？我已通过研究生命而努力回答这个问题了。

很明显，再多有关生命的问题得到回答，也无法使我满足，因为我的问题乍一看无论多么简单，也包含了用无限解释无限的必要性，以及用有限解释有限的必要性。我问自己，除了时间、因果关系和空间，我的生命还有什么意义。经过长时间认真的努力思考，我只能回答：毫无意义。

通过自我规劝，我只能不断地比较有限和有限、无限和无限，结果不可避免的结论是：力量就是力量，物质就是物质，意志就是意志，无限就是无限，虚空就是虚空，除此之外没有结果。这就像数学上发生的情况，该得到一个待解方程了，却得到了几个恒等项。解题过程是正确的，但我们的答案是$a=a$、$x=x$或者$0=0$。在探索自己的生命意义时，我也遇到了这种情况。科学提供给这一问题的答案都是"恒等"。

严谨的科学探索，就像笛卡尔进行的探索那样，无疑从怀疑一切开始，拒绝以信仰为基础的所有知识，按照理性和经验的规律重建所有知识。同时，它可以对生命意义这一问题仅仅提供一个答案，就是我自己得到的那个答案，一个含混不清的答案。最初，在我看来，科学没有给出肯定的答案，也就是叔本华的答案：生活毫无意义，它是一种恶。但是，当我更为深入地探索这一问题时，发现这一答案并不肯定，只是感觉让我有了那一看法。这一答案的措辞跟那些要人、所罗门和叔本华的一样，它只是一个模糊的答案：生活是虚空的。这一哲学观念什么也不否定，但回答说，它无法解答这一问题，这件事情依旧不能确定。

得到这一结论之后，我明白了，要想从科学知识那里为我的问题寻求答案是徒劳无益的，因为它只能表明，在以不同方式表述该问题之前，在使其包括有限和无限的关系之前，不可能得到答案。我还明白，无论信仰提供的答案多么荒诞不经，但确实纳入了有限和无限的关系。

不论怎样表述"我该如何活着"这一问题，总是得到同一个答案：按照上帝的律令。我的生命是否会产生真实而良好的结果，它是什么呢？是无尽的痛苦还是永恒的快乐？生命是否有某种意义连死亡也无法摧毁？如果是这样，它是什么呢？与一个无限的上帝（即天堂）的结合。

这样，我被迫承认除了推理性知识（我曾经认为它是唯一真正的知识），每一个活着的人心中还有另一种知识，一种非推理性知识，它使人有了活着的可能性，它就是信仰。

我一直都认为信仰是不合理的，但只能承认，只有信仰为生命意义问题提供了答案，结果也就使人有了活着的可能性。

当科学推理使我断定自己的生命毫无意义时，生命在我心中静止了，我希望结束它。当我审视周围人以及整个人类时，我看到人们的确活着，而且他们断言自己知道生命的意义。对其他人来说，正如对我来说一样，信仰使人有了活着的可能性，也使生活有了意义。

考察其他国家的人民、自己的同代人以及逝者的生活，我发现都毫无二致。从人类起源开始，哪里有生命哪里就有信仰，从而使得生活成为可能，而且无论在哪里，信仰的主要特点都是一致的。

不管任何一种信仰为任何人提供什么答案，这些答案中的每一个都使人的有限存在有了无限性，使战胜痛苦、贫困和死亡的生命有了某种意义。因此，只有在信仰中才有活着的可能和生命的意义。这一信仰是什么？我知道信仰不仅仅是对看不见的事物的领悟，不仅仅是上帝的一个启示（它只是对信仰的迹象之一的界定），也不是人与上帝之间的关系（必须首先界定信仰，之后界定上帝，而不是通过上帝界定信仰），不是像通常理解的那样默默接受，信仰是对生命意义的了解，因为它，人不会自杀，而是活着。信仰是生命的力量。

如果一个人活着，他就会相信某种东西的存在。如果不相信有什么值得为其活下去，他就不会活着。如果他看不到、不理解有限的虚幻性，他就会相信有限；如果他看到了那种虚幻性，他肯定相信无限。没有信仰就没有生命。

之后,我回忆起自己精神状态的所有阶段,不禁感到惊愕。我现在才明白,任何人要想活下去,要么必须对无限一无所知,要么必须接受对生命意义的解释,而这一解释应当使有限等于无限。我有这样一个解释,但在我相信有限时并不需要它,而且开始用理性检验自己的解释。在理性的检验之下,原来所有的解释都显得毫无价值。但是,我不再相信有限的那个阶段过去了。我试图建立自己的精神大厦,其基础就是我知道的一个赋予生命某种意义的解释,但这一努力徒劳无功。像世间很多才智超群者一样,我只得到了0=0这一结论。尽管没有其他结果,我依然对得到这样一个答案感到震惊。

在实验科学中寻找答案时,我做了些什么呢?我想知道自己为什么活着,就研究了自己本身之外的一切。很明显,这样可能了解很多东西,但没有我所需要的。

在哲学中寻找答案时,我做了些什么呢?我研究了其他人的想法。他们与我处境相同,对于"生活是什么"这一问题也没有答案。显然,我这样做,得到的只能是自己已经知道的,也就是说,不可能了解任何东西。

我是什么?无限整体的一部分。整个问题就源自这几个词语。

难道人们只是刚开始向自己提出这一问题吗?难道在我之前没人提出这一简单问题吗?连一个聪明的孩子都可能想到过这一问题。

自从人类在地球上出现之后,肯定提出过这一问题,而且肯定知道对这一问题的回答同样并不令人满意,无论是将有限与有限相比、将无限与无限相比,还是在有限和无限的关系中寻找答案,并用这一关系表达这一答案。

所有这些有限等于无限的想法，让我们了解了生命、上帝、自由和善行。当我们对这些想法进行逻辑分析时，它们将无法承受理性的考验。

假如我们自己像孩子一样，自豪而自信地拿出手表，去掉弹簧，把它变成玩具，之后吃惊地发现手表无法记录时间了，这样想想，如果不是那么可怕，也会是荒唐可笑的。

解决有限和无限之间的矛盾，以及为"生命是什么"提供答案，从而使我们能够活着，这两者是我们所需要的，对我们来说也很重要。唯一的答案是那个总是在任何地方、任何时间、所有民族中都能发现的答案，一个从人类出现后某个时代流传下来的答案，一个困难得我们自己永远不能发现的答案，这一答案我们在不经意之间失去了，因为我们提出了这一所有人都面对但无人能回答的问题。

无限的上帝、灵魂的神圣、人类的事务与上帝的关联方式、精神的整体性和真实性、道德的善与恶，这些概念都是通过人类脑力劳动产生的。没有这些概念，就不会有生命；没有这些概念，我自己可能不会存在，但我敢于拒绝接受整个人类付出的努力，冒着危险以自己的方式再次解决这一问题。

我当时没有这样想，但内心已经有了这些想法的萌芽。我明白，尽管充满智慧，叔本华、所罗门和我本人的境况是愚蠢的：我们知道生命是一种恶，但仍然活着。这很明显是愚蠢的，因为如果生命是愚蠢的，而我又很在乎理性，就应该结束生命，之后就不会有人去否定它了。我明白，我们所有的争论都像着魔了一样旋转，就像一个齿轮，不再跟另一个齿轮咬合。无论我们怎样推理，推理多么合理，都无法得到问题的答案，而问题总是等于零，所以我们的方法可能是错误的。我开始明白，在信仰给出的答案中，存在着最深刻的人类智慧，也明白我没有正当理由拒绝这些答案，而且只有它们解决了生命问题。

第十章

我明白自己刚才所陈述的内容，但内心并未因此感到轻松。

我现在准备接受任何信仰，只要它不要求我直截了当地拒绝理性就行，因为那样做等于用行动骗人。我研习了佛教和伊斯兰教经典，尤其是研究了基督教，包括其著作和周围信仰者的生活。

我首先注意到了周围这个小圈子的信仰者、博学之人、东正教神学家、德高望重的僧侣、一种新教条的传授者，即所谓的新基督徒，通过对某个救世主的信仰来传布灵魂拯救。我不失时机地问这些信仰者相信什么，以及对他们来说是什么让生命有了意义。

尽管一有可能就做出让步，避免一切争论，我仍然无法接受这些人的信仰。我看到他们所谓的信仰并未解释生命的意义，反而使其更加费解，而且他们拥有这一信仰，是为了我不知道的某一目的，不是为了回答有关生命的问题，而这一问题曾吸引我走向信仰。

我记得与这些人结交，有时让我怀有希望，之后，再次感到绝望时，则非常痛苦。

他们越详细地向我阐释其教义，我就越清晰地看到其错误，对于在其信仰中找到对生命的解释就越不抱希望。

他们拿来一些不必要、不合理的教义，将其跟我珍视的基督教真理混在一起。这些教义让我厌恶，但更让我厌恶的，是他们的生活跟我相似，唯一的差别是他们没有按照自己信奉的教义去生活。我觉得他们欺骗了自己，对他们来说是这样，对我而言也是如此。生命仅有的意义是糊口度日，抓到什么就据为己有。我看到了这一点，因为如果对生命的看法消除了恐惧、贫困、痛苦和死亡，他们就不会害怕这些了。但是，我自己阶层的这些信仰者跟我一样，生活舒适而富足，但仍然不遗余力地提升并维持这种生活，害怕贫困、痛苦和死亡；还像我和其他伪装的信仰者那样，拼命满足肉体的欲望，生活堕落，即使不甚于异教徒，也不会更好。

没有什么可以使我相信这些人的信仰是真诚的，只有行动可以。这些行动要能证明他们对生命的理解已经驱散对贫穷、疾病和死亡的恐惧，而这种恐惧在我内心非常强烈。这样的行动，我在自己阶层中人人皆知的异教徒中间确实看到了，但在所谓的信仰者中间则不然。

之后，我明白，这些人的信仰并非我寻求的信仰，它根本不是信仰，而是享乐主义者的一种慰藉。我明白，这一信仰如果真的没有安慰作用，至少可以安慰垂死的所罗门那颗忏悔的心。但是，它没有能力服务大多数人，因为这些人来到这个世界上，不是为了利用他人的劳动过上舒适的生活，而是为了给自己创造生活。人类要想活着，要想继续活着并知道生命的意义，必须对信仰有一种真正的理解。这样，使我相信信仰存在的，不是我、所罗门和叔本华没有自杀，而是这许许多多的人曾经活着而且正在活着，以生命的大潮携带着所罗门和我们自己。

我开始接近贫穷、普通、缺乏知识者中间的信仰者，即朝觐者、僧人、宗派成员和农民。这些人的信条，就像我这一阶层那些伪信徒一样，都是基督教信条。这里也有很多迷信的东西混杂在基督教真理中，但是存在差异：我这一阶层那些信徒的迷信思想是他们不需要的，而且除了发挥享乐主义者的一种消遣的作用，从未影响过他们的生活；劳动阶层信徒的迷信思想与其生活相互交织，想到他们的生活，就必然想到他们的迷信思想，因为它是这些人活下去的一个必要条件。我这一阶层那些信徒的整个生活与其信仰截然对立，而劳动阶层那些信徒的整个生活，则证实了其信仰给予他们的生活意义。

这样，我开始研究劳动阶层的生活和教义。随着研究的深入，我更加相信他们中存在一个真正的信仰，他们的信仰对他们来说必不可少，给予他们生活的意义，使他们有了活着的可能性。我在自己这个圈子看到的，是没有信仰而活着的可能性，一千个人当中没有一个宣称自己是信徒。与此截然相反的是，在劳动者中间，数千人当中也没有一个非信仰者。在我这个圈子看到的，是他们的一生都在无所事事、寻欢作乐和不满情绪中度过，充满了对贫困和痛苦的抵触和愤慨。与此截然相反的是，我在劳动者中间看到，他们的一生都在繁重的劳动中度过，而且毫不犹豫、心甘情愿地接受疾病和悲伤，平静而坚定地相信会有一个好结局。有一种理论认为，我们学识越少，就越不明白生命的意义，把痛苦和死亡看成一个邪恶的玩笑。与此相反，劳动阶层生活、受苦、走向死亡却带着无声的自信，甚至常常感到快乐。没有恐惧或者绝望的、安宁的死亡，在我这个阶层是罕见的，但在劳动阶层中，不安、叛逆、悲伤的死亡是最为少见的例外。这些人被剥夺了构成我们和所罗门生活中唯一善物的东西，却享受着极大的幸福。我环顾周围，这一次更加审慎、范围更广。我研究了过去和当代众多人的生活，看到的不是两个、三个、十个、百个，而是不计其数的人，他们理解了生命的意义，既可以生，也可以死。所有这些人，习惯、智力、教育背景、地位各不相同，但都不似我这般懵懂无知。他们熟知生和死的意义，安静地劳作着，忍受着贫困和痛苦，生存并死亡，从这一切中看到的不是虚无，而是美好。

  我开始喜爱这些人了。这些生者和逝者，不管是读到还是听说，我对他们的生活了解越多，就越发喜爱他们，之后发生了变化：我这个圈子的博学者、富有者的生活不但令人厌恶，也失去了任何意义。这一变化在我心中一直蓄势待发，其征兆我也一直隐约感到了。对于我们所有的行为、思考方法、科学和艺术，我都有了新的看法。我明白这些东西无足轻重，在其中寻找意义徒劳无益。劳动阶级、整个人类以及创造生命者的生活，让我看到了真正的意义。我明白这才是生命本身，给予这种生命的意义才是真正的意义，我愿意接受。

第十一章

恰恰是这些教义曾经让我多么厌恶啊！这些教义的信仰者的生活与其背道而驰时，它们看来多么没有意义啊！当我看到人们按照这些教义生活时，它们曾经多么强烈地吸引过我呀！而且似乎完全合理。想到这些，我明白了自己为什么曾经拒绝接受它们，认为它们没有意义，为什么现在采纳了"它们而且觉得它们非常合理"。我明白自己犯错误了，以及如何犯错误了。我犯了错误，主要不是因为思考错误，更多的是因为生活错误。我明白没有能够看到真相，主要不是因为我在推理方面出错了，而是因为自己曾经过着享乐主义者那不正常的生活，一心只想满足肉欲。我明白了，自己那个关于生命是什么的问题，以及生命是一种恶这一答案，都符合情况的真相。错误在于我将一个仅跟自己有关的答案应用于生命整体了。

我曾经问我的生命是什么，答案是它是一种恶，毫无意义。恰恰如此，我的生命只是一个放纵激情的漫长时段，它是没有意义的东西，是一种恶。因此，这样一个答案仅仅涉及我自己的生命，而不涉及整个人类的生命。

我明白了后来在《福音书》里发现的真理："人喜欢黑暗胜过光明，因为其行为是邪恶的。作恶的人憎恨光明，也不接近光明，以免其行为遭到指责。"我明白了，要使人们理解生命的意义，生命首先有必要成为理性之光所发现的超越邪恶和无意义的事物。我明白了，自己为什么曾经那么接近但却没有理解这一明显的真理，而且如果我们要判断并谈及人类的生命，必须整体看待生命，而不仅仅是看某些寄生的附属物。

这一真理总是正确的，就像2×2=4那样，但是我没有接受过，因为除了承认2×2=4，我本应该承认自己是邪恶的。感觉自己善良，比相信2×2=4更加重要，对我来说更具约束力。我喜欢好人，憎恨自己，并接受了真理。现在这一切对我来说一清二楚。如果一生都在折磨人并砍人脑袋的刽子手，或者一个嗜酒成癖的人，问自己"生命是什么"，他得到的答案只能跟一个疯子给出的答案一样——生命是大恶。这个疯子把自己关在黑暗房间里一辈子，他相信如果离开房间就会死亡。

这个答案应该是正确的，但只对给出答案的人来说是这样。那么，我是这样一个疯子吗？我们这些富有、聪明、懒惰之人都疯到这种程度了吗？我最终明白，我们的确如此，至少我自己的确如此。看看鸟儿吧，它们活着只是为了飞行、啄食、筑巢。看到它们高高兴兴地这样做，我也受到了感染。

山羊、野兔和狼活着只是为了进食、繁殖、哺育幼崽，看到它们这样做，我很相信它们是快乐的，它们的生命是合理的。那么人应该怎样做呢？人也应该像动物那样活着。但有一个不同之处，那就是，如果一个人独自这样做就会丧命，他必须劳动，不是为了自己，而是为了众人。他这么做的时候，我就坚信他是快乐的，他的生命就是合理的。

在我三十年神志清醒的生活中，我做了些什么呢？我不但没有为其他人的生活提供帮助，也没有为自己的生活做什么。我过着寄生虫一样的日子，满足于对自己活着的理由一无所知。如果生命的意义在于不得不创造自己的生活，那么我，一个在三十年里千方百计毁掉自己和其他人生活的人，除了得到"我的生命是邪恶而毫无意义的"这个答案，怎么能希望得到其他任何答案呢？我的生命就是邪恶的，它毫无意义。

整个世界的生命通过某人的意志延续着。某人关心着我们自己的和宇宙的生命，令人费解。想要明白那个意志意味着什么，我们首先必须将其付诸实践，我们必须去做要求我们做的。除非我这样做了，否则永远无法知道它会是什么，更不可能知道对我们所有人和整个宇宙的要求是什么。

如果有一个赤身裸体、饥肠辘辘的乞丐，被人从十字路口带到某一奢华旅馆内的某一封闭空间，享受丰衣足食，但被迫上下摇动手柄，显然，在乞丐想要明白为何被带到那里、为何必须摇动手柄、这一旅馆的各种安排是否合理之前，必须首先按照命令去做。如果他这样做，就会看到那个手柄是用来操作一个水泵的。这个水泵抽出水来，水流进很多渠道，用来灌溉土地。之后，有人将他从水井那里带走，去从事其他工作。他将采摘水果，得到主人的欢心。他的任务越来越重要，也就越来越明白整个庄园的安排了。他会参与其中，根本不会停下来问为什么他会在这个地方，也不会想到责备那个地方的主人。按照主人意志工作的人就是这样，那些普通、无知的劳动者不会责怪谁，那些被我们视为牲畜的人也不会责怪。但我们呢，虽然我们是聪明之人，却一直在挥霍主人的财产，根本没有服从主人的意志；

相反，我们围坐在一起争来争去，想知道为什么应该摇动那个手柄，因为这么做在我们看来很愚蠢。当我们想明白之后，结论是什么呢？哼，主人很愚蠢，或者根本没有什么主人，虽然我们是聪明之人，但觉得自己什么也不适合，必须设法除掉自己。

第十二章

我相信所有以理性为基础的知识必然陷入某种错误，这一错误有助于我摆脱无聊推理的诱惑。我相信，要了解真理只能通过生活，这一想法使我怀疑自己生活的正当性，但我必须打破自己的惯例，环视周围，观察真正的劳动阶级的简单生活，去明白这样的生活是唯一真正的生活。我明白，如果希望理解生命及其意义，我必须活着，不是过着寄生虫一样的生活，而是过着真正的生活；真正构成整个人类的那些人的生活，结合起来使生活有了意义，我要接受这种意义，对其进行更为审慎的研究。

　　在我此刻谈及的那个时间，我的状况如下。

　　在整整一年之内，我不断地问自己是否应该用绳子或者手枪结束一切。在我的头脑被已经描述的想法占据期间，我的心被某种痛苦的感觉压迫着，这种感觉我只能描述成对上帝的寻找。

　　这种对上帝的寻找不是我自己的理性行为，而是一种感觉。我是经过深思熟虑之后才这样说的，因为它与我的思考方式是对立的，它源自我的内心。这是一种恐惧感，或者失去父母的孤独感，一种远离周围一切的孤独感，一种不知得到了何人帮助时的希望感。尽管我坚信不可能证明上帝的存在——康德让我看到了这一点，我也彻底理解其观点，所以不需要证据——我仍然努力发现上帝，仍然希望这么做，仍然在以前习惯的驱使下，在祈祷时对上帝说话。我努力寻找上帝,但没有找到他。

康德和叔本华的论据显示,要想证明上帝存在是不可能的。有时,我反复思考这些论据,有时则想要着手推翻他们的观点。

我会对自己说,因果关系跟思维、空间和时间不是一类事物。如果我存在,就有一个存在的原因,这是所有原因的原因。一切事物存在的原因就是所谓的上帝,我仔细思考这一观点,竭力感到这一原因的存在。

我刚刚意识到某种力量影响着我,就感到了活着的可能性。之后我问自己:"这一原因、这一力量是什么?我该如何看待它?我跟我所谓的上帝是什么关系?"之后我只想到了原来那个熟悉的答案:"他是造物主,他创造了万物。"这一答案没有让我满意,我觉得生命的支柱未能给我帮助,我陷入了巨大的恐惧,开始向我寻找的上帝祈祷,希望他能帮助我。然而,我越是祈祷,就越是明白没有谁能听到我的祈祷,没有谁可以让我向他祈祷。我知道没有上帝,于是绝望地喊道:"上帝,可怜可怜我吧,拯救我吧,我的主,我的上帝,指导我吧!"但是没有谁可怜我,我感到生命在我体内停滞了。

然而,我相信,自己出现在这个世界上,应该是有理由或者有意义的,我不会是从鸟巢掉落的一只雏鸟,但我感觉自己就是一只雏鸟。我一次又一次想到这一点。如果我哭号,就像落下之后躺在草丛中的雏鸟一样,那该怎么办?这是因为我知道有一位母亲生我、养我、爱我。那位母亲在哪里呢?如果我被扔出去了,是谁扔的呢?我只能认为有个爱我的人给了我生命。这个人是谁呢?这一次,答案还是一样——上帝。他知道也看到了我的寻求，我的绝望，我的奋斗。"他是存在的"，我告诉自己。为了能有片刻可以感觉生命在我心中再生，为了感觉生存的可能性及其快乐，我只要承认这一点就行了。从坚信上帝存在，我又一次开始考虑我们与上帝的关系。又一次，我的面前有了三合一的上帝，即我们的造物主，他派来了儿子，也就是救世主。又一次，我感觉这是一个与我和世界分开的事物。这个上帝会像冰一样融化，从我面前消失。又一次，一无所剩，又一次，生命的来源逐渐消失了。我又一次陷入绝望，感觉自己别无选择，只能自尽，而最糟糕的是，我觉得永远不应该这样做。

我经历了坚定信念和情绪上的这些变化，不是一次，不是两次，而是许多次——一会儿是欢乐和激动，一会儿是因为知道生命不可能存在而感到的绝望。

记得初春的一天，我正听着一片树林的声音，正专心思考一件事情。这件事情我有两年时间一直思考——我在寻找上帝。

我对自己说："很好，没有上帝，除了我自己想象出来的事物，没有什么是真实的，没有什么像我的生命那样真实——没有这样的东西。什么也没有，没有什么奇迹可以证明有，因为奇迹只存在于我自己那不合理的想象中。"

之后，我问自己："我对自己寻找的上帝是有构想的，这构想来自何处呢？"又一次，生命欢乐地在我静脉中运行。在我周围，万物似乎复苏了，有了新的意义。不过，我的欢乐没有持续多久，因为理性继续运转："对上帝的构想不是上帝。构想是我内心发生的事情；对上帝的构想是我能在头脑中唤起的一个概念，如果愿意，我也可以不用唤起这一概念；它不是我寻求的东西，并不是没有它生命就不能存在。"之后，所有一切似乎又在我周围和内心死亡了，我再次想要自尽。在这之后，我开始回顾内心发生的那一过程，那一次又一次的灰心和复苏。我记得只有在相信上帝存在时，我才真正地活着。像以前那样，现在也是这样；我只需要忘记上帝，不相信上帝存在，自己就死亡了。这一灰心和复苏是什么呢？当我不再相信上帝存在时，我就不再活着；如果连发现上帝的渺茫希望都没有，我很早之前就已经自尽了。只有当我感到上帝、寻找上帝时，我才真正地活着。"那么我还有什么要寻找呢？"有个声音似乎在我内心呼喊："这就是上帝，没有他就没有生命。认识上帝和活着是同一的。上帝就是生命。"

活着就寻找上帝，生命就不会没有他。生命比任何时候都更加强烈地在我内心和周围涌动，当时那明亮的光再也没有离开我。

这样，我就得到了拯救，从而免于自尽。这一变化在我的体内是何时发生、如何发生的，我都说不出来。生命曾在我内心渐渐地、不知不觉地衰弱了，直到我没有可能再活下去，直到生命静止，直到我想要自尽。同样，我渐渐地、不知不觉地感到自己焕发出了生命的活力。

这很奇怪，但是焕发出生命活力的感觉并不陌生，它的历史够长了，因为我在生活早期阶段曾被它吸引走。可以说，我又回到了过去，回到了童年和青年时代。我再次信仰那个使我存在也对我提出要求的意志，我再次相信生命的唯一目标应该是做更好的人。也就是说，按照那个意志去生活。我再次想到，那个意志的表达，应该存在于昏暗模糊的往昔，存在于人类的伟大统一为求得指导而设计的规则。换句话说，我又相信上帝存在了，又相信道德可以完善了，又相信那个使生活有意义的传统了。不同之处在于，以前我无意中接受了这一点，而现在我知道没有它我就无法生活。

  我当时所处的这种心态，可以比作下面的情形。似乎我突然发现，自己正坐在不知从哪个海岸漂来的一只小船上，有人已经指明了对岸的方向，有人已经给了我船桨，我被孤零零地抛在那里。我尽量正确地使用船桨，向前划去。然而越往中间，将我冲离航线的水流就越强，我就越是频繁地遇到其他航行者，他们跟我一样，被水流冲走。到处都是孤独的驾船人，拼命划船，也有其他人放下船桨，有大些的船，也有挤满人的巨大帆船，有些船与海流奋力搏斗，其他船随波逐流。我划得越远，看着长长的一列船只顺流而下，就越记不清给我指出的那个航线。在水流中央，由于众多大小船只的困扰，而且跟他们一样，被水流冲向前方，我彻底忘记是从哪个方向出发的，就不再划船了。在我四周，那些兴高采烈的航行者在划船时，或者扬帆前行时，异口同声地大声告诉我，没有其他方向了。我相信他们了，就跟他们同行。我漂流得很远，太远了，可以听到激流的低吼声，感觉自己必死无疑。我已经看到激流中有些船只破碎了。之后，我苏醒了，很久才明白发生的一切。我看到面前只有毁灭，我正走向毁灭。那我该怎么办？然而，扭头回望，我看到无数船只正与强大的水流进行无尽的搏斗。之后，我想起了海岸、船桨、航线，于是马上逆着水流奋力划船，又一次划向海岸。

海岸就是上帝，航线就是传统；船桨就是自由意志，让我朝岸边划去，去追寻与上帝的结合。这样，我内心又有了强大的力量，我又开始生活了。

第十三章

我宣布放弃我这一阶层的生活，因为我已经承认那并非真正的生活，只是类似生活罢了。这种生活过于奢侈，使人不可能理解生活，而且为了做到这一点，我必须了解的不是寄生虫一样的生活，而是劳动阶级的简朴生活，因为这种生活影响了整个世界的生活，使它有了劳动阶级接受的意义。我周围那些普通的劳动者是俄罗斯人，我求助于这些人，也求助于他们赋予生命的意义。

这个意义或许可以这样表达：我们都凭借上帝的意志来到这个世界；上帝创造人，以便我们谁都可以毁灭或者拯救其灵魂。人生活的难题在于，要拯救自己的灵魂，他必须按照《圣经》去生活：要按照《圣经》去生活，就必须宣布放弃生活的快乐，必须劳动，必须谦逊，必须忍受痛苦，必须善待他人。对于人们来说，这就是整个信仰体系的意义，因为它是通过教会的牧师和传统流传下来的，现在又是教会的牧师和传统给予他们的。这些传统就存在于他们中间。

这个意义对我来说是很清楚的，也是我所珍视的。然而，在我活动于其间的非宗派人群中，这一大众信仰与某种东西密不可分，这种东西难以解释，让我厌恶。我指的是教会的圣礼、斋戒以及在圣像和圣人遗物前鞠躬。人们无法将这些东西分开，我也一样。尽管属于人们信仰的很多东西在我看来很奇怪，我还是全部接受，而且参加教堂仪式、早晚祈祷、斋戒、为圣餐仪式做准备；而且，在忙于这一切的同时，我第一次感到自己的理性没有发现什么可以反对的。曾经在我看来不可能的事情，现在没有在我内心激起任何抵触情绪。

我所处的与信仰问题相关的境况，与以前大不相同。以前，在我看来，生活本身充满意义，信仰则武断地使用了某些没有用、不合理的主张，这些主张与生活没有直接关系。我曾努力发现其意义，可是刚一确信它们毫无意义，就将其放弃了。相反，我现在确知自己的生活没有任何意义，也不可能有任何意义。我还知道，信仰那些主张在我看来不再毫无用处，而且自己的经验也无疑表明，只有它们才能使生活有意义。我曾经将其视为毫无价值、无法辨识的潦草字迹，现在我虽然不理解它们，但知道它们是有意义的，并决心发现其意义。

我这样推理：像人及其理性那样，信仰来自神秘的第一渊源，那就是上帝，是人的身体和智慧的起源。当我的身体经历了一次又一次的变化，从上帝到自己，我的理性和对生活的理解也产生于上帝，这样，这一发展过程的步骤就不可能是虚假的。人们真心相信存在的，应该都是真的，它或许有不同的表达方式，但它不会是骗人的东西。因此，如果它在我看来是骗人的东西，应该就是这样，因为我无法理解它。

我又一次对自己说：信仰的真正作用是给予死亡无法消灭的生命一种意义。在奢华中死去的国王、衰老疲惫的奴隶、尚无思考力的孩子、年迈的智者、愚笨的老妇、充满青春激情的快乐女孩、有着种种地位和教育差异的所有男女，信仰要给他们的问题一个答案；如果那个永远重复的问题，也就是"我为什么活着，我的生活会有什么结果"这一问题只有一个答案，虽然实际上只是同一个答案，在形式上应该是无限多样的。这一答案在努力得到表达时，应该显得奇怪，甚至丑恶，与其不变的统一性、真实性及深刻性成比例，这要视每个回答者的成长和社会状况而定。但是，这种推理虽能证明信仰那奇怪的仪式具有正当性，却不足以使我感觉有权参与那些我仍有疑问的行为，尤其是在成为我生活唯一要务的信仰方面。我热切渴望与人民融为一体，遵守他们经常举行的仪式，但是我不能这么做。我觉得，如果我做这件事的话，应该对自己撒谎，并嘲笑自己视为神圣的东西。此时，我们的新俄罗斯神学家来帮助我了。

根据这些人的解释，信仰的根本教条是教会永不犯错。如果接受这一教条，必然出现的结果是，教会教给人们的一切就是真理。教会是所有信徒为了爱而组成的团体，所以就拥有真正的知识，这样就成了我信仰的基础。我辩论说，真理，在上帝内心的真理，不是一个人可以获得的，只能所有人通过爱才能获得。为了得到真理，我们不能各自朝着自己的方向前进；为了避免分裂，我们必须相爱，并容忍没有一致看法的事情。真理在爱中显现出来，因此，如果我们不遵守教会的法令，就会破坏爱，就会使我们无法了解真理。

那时，我没有看到这种推理中包含的诡辩。我当时没有看到，通过爱结成的联合可能使爱发展到最高程度，但却永远无法提供来自上帝的真理，正如尼西亚信经①所说：爱永远无法产生信徒必须遵守的任何形式的信仰。那时，我没有看到这种推理的错误，因此，可以接受

---

① 信经：指基督教权威性的基本信仰纲要。尼西亚信经是基督教信经之一，公元325年由尼西亚会议确定而得名，基督教会第一部由大公会议确立并由官方执行的信经，确定圣父、圣子、圣灵三位一体的上帝，地位平等。

并履行东正教的所有仪式，但没有理解大部分仪式。我努力暂不考虑所有的推理、所有的矛盾，而尽可能合理地解释基督教会一切难懂的教义。

在这样执行教会的法令时，我使自己的理性顺从多数人遵守的传统。我使自己跟祖先、深爱的父母和祖父母联合起来。他们和他们之前的人生活过、信仰过，也将我带到了这个世界。我成了我爱的众多人民的一员。此外，所有这一切没有什么不好的，因为对我来说，"不好"意味着放纵自己的肉欲。当我早早起床参加礼拜时，我知道自己做得很好，如果只是由于为了跟祖先和同龄人建立更加亲密的联盟，我克服了自己智力方面的骄傲，而且为了寻找生命的意义，我牺牲了身体的舒适。为圣餐做准备、每天阅读祈祷文、鞠躬、斋戒也是如此。不论这些牺牲行为多么无足轻重，都是为了一个正当目标。我为圣餐做准备、斋戒、在家和教堂都按时祈祷，参加礼拜仪式的时候，我斟酌听到的每个词语，只要可能就理解其意义。参加弥撒时，在我看来最重要的话是"让我们在团结中热爱彼此吧"后面的话，也就是承认自己相信圣父、圣灵、圣子三位一体。我略过未听，因为我无法理解其意思。

第十四章

当时，为了活着，我很有必要信仰宗教，结果在不知不觉中，我未能看到普遍接受的教条中的矛盾和晦涩之处。

然而，对仪式感的这种理解有其局限性。虽然礼拜仪式的要点对我来说越来越清晰，虽然我以某种方式理解了这样的话："记着我们的圣母和所有圣人，让我们把自己、彼此和我们的整个生命献给基督上帝吧"，虽然我这样解释，频繁、重复地为沙皇及其家人祈祷，是因为他们比别人更有可能受到诱惑，因此更需要祈祷，并且祈祷战胜我们的敌人和对手就意味着战胜邪恶法则。然而，《智天使颂歌》、面包和酒的准备工作、对童真玛利亚的热爱，总之，三分之二的仪式，要么对我来说根本没有一个解释，要么使我感觉唯一可以对其进行的解释是虚假的，而撒谎则意味着断绝自己跟上帝的联系，以及完全失去信仰的可能性。

在主要宗教节日的庆祝活动场合，我也有同样的感觉。我可以理解安息日，也就是牺牲一天的时间与上帝交流。不过，那个重大节日是为了纪念耶稣复活，其真实性我既不能想象，也不能理解。耶稣复活这件事，被用来命名了每周那个宗教节日，也就是周日，也就是举行圣祭礼的那个日子，正是它让我彻底无法理解。其他十二个宗教节日，圣诞节除外，都类似奇迹，为了不否定它们，我努力不去想它们：耶稣升天日、生灵降临日、主显日、圣母节，等等。这些节日，我觉得自己认为最不重要的东西却最受重视，我要么坚持最使我内心平静的那个解释，否则就闭上眼睛，不去看那些使自己内心难以平静的东西。

每当我参加最普通、人们普遍认为最重要的圣礼时，比如洗礼和圣餐礼，这种感觉最为强烈。这里，我跟任何困难的事情无关，但与容易理解的东西有关，这样的行为在我看来充满诱惑，于是我进退两难：是撒谎，还是拒绝？

多年后我第一次领受圣餐，那种痛苦的感觉我永远无法忘记。仪式、告罪、祈祷，所有这些我都理解，让我怀着愉快的心情相信，我明白了生命的意义。我向自己解释道，接受圣餐是为了纪念基督，它表示洗清了罪恶并完全接受基督的教导。如果这一解释是虚假的，我至少没有发现。在一位朴实、和善的老牧师面前，我内心安宁，毕恭毕敬，悔罪之后，讲述了自己灵魂经受的磨难，这是极其幸福的；与撰写祈祷文、为人谦恭的早期基督教作家在精神上和谐一致，这是极其幸福的；能与所有曾经的和当前的信徒意见一致，使我不会觉得自己的解释是虚假的，这是极其幸福的。但是，当我靠近祭坛，牧师要求我重申我相信自己就要咽下的是真正的身体和血液时，我内心感到剧痛。这不是未经考虑的话，这是对从来未能知道何为信仰者的严厉要求。

我现在可以说那是一个严厉要求，但当时没有这么认为，只觉得它使人异常痛苦。年轻时，我认为生活中一切都是清楚的，现在则不这么认为了；我曾受到吸引，走向信仰，因为在信仰之外，我看到的只有毁灭。正如我不能因此将信仰弃置一旁那样，我曾相信并顺从了。我曾发现，自己内心有种卑微、顺从的感觉，这有助于我这么做。我又一次毕恭毕敬，咽下了血液和身体，希望相信这是真的，并没有嘲笑的想法，但是，我已经感到震惊了。因为知道下一次会有什么在等待我，我再也不会去了。

我仍然继续仔细观察教会举行的仪式，仍然相信我所遵从的教条是正确的。之后，发生了一件事情，现在看来很简单，但当时看来很奇怪。

我曾聆听一位文盲农民香客的演讲，他说到了上帝、信仰、生命和救赎，于是什么是信仰我也就明白了。

我走到人民中间，熟悉他们有关生活和信仰的观点，这样，真理对我来说就越来越清楚了。我阅读《殉教者列传》和《序幕》时，情况也是一样，它们成了我最喜欢的书。除了圣迹，在将其视为清清楚楚讲道理的寓言时，阅读这些书使我明白了生命的意义。在书中，我读到了大马卡里的故事、约瑟夫王子的故事（佛陀的故事）、金口圣若望的作品、井中旅行者的故事、发现金子的和尚的故事、收税员彼得的故事。这是一部殉道者的历史书。这些人证明了同样的道理，即生命并不和死亡一同结束。在这里，我们可以看到没有文化、愚昧无知的人们的故事，他们对教会的教条一无所知。

但是，我刚刚跟博学的信徒交往，或者查阅他们的书，就感到了疑惑、不安和争论带来的愤懑，就感到越是研究他们的论文，就越是远离真理，就越是接近悬崖。

第十五章

我常常羡慕农民，他们不会写字、不会读书、缺乏知识。信仰的教条对我来说是胡言乱语，对他们来说没有包含什么虚假的东西；他们能够接受这些教条，相信真理，就是我相信的真理；对我这个没有快乐的人来说，真理很明显是由细微的区别跟谎言联系在一起的，我无法接受这一形式的真理。

　　我这样生活了三年，当我像一个新近皈依者那样，第一次慢慢接近真理，而且在本能的引导下摸索着走向光明时，这些障碍似乎不那么可怕了。在我未能明白任何东西时，我说："我是错误的，我是邪恶的。"然而，我越是充满自己研究的真理的精神，就越是看到它们是生命的基础，障碍就更大、更可怕，我不能理解的那条线就更为清晰，对这条线我只能通过欺骗自己寻找一个解释。

　　尽管有疑惑和痛苦，我依然信仰东正教。但是，出现了一些实际问题需要立刻解决，教会的那些决定与我生活遵循的基本原则相悖，迫使我最终放弃跟东正教的所有关系。

　　首要的是东正教与其他教派、跟天主教以及所谓的分裂教派之间的关系。我对信仰这一重要问题怀有兴趣，使我在此时结识了不同教派的信仰者，比如天主教徒、新教徒、旧礼仪派①教徒、新反对者派②教徒和其他教徒。在他们中间，我发现有很多人真诚地相信并遵守最高的道德标准。我渴望成为他们的兄弟，可是结果呢？原本在我看来，这些教义可能借助信仰和爱，通过最具代表性的人物将所有人联合起来，但却使人看到它们只能用谎言教育人们，结果给予人们生活力量的却是魔鬼的诱惑，让他们相信只有他们可能认识真理。

我看到东正教会成员们认为，所有跟他们没有同一信仰的人都是异教徒，就像天主教徒和其他教徒认为东正教是异端邪说那样；我看到所有人都认为，没有采用相同表面符号和信仰套话的人都是敌人。东正教这样做，但却试图掩饰它；情况肯定如此，因为要强调你虚伪地活着而我诚实地活着，是一个人对另一个人最难说出的话；其次，因为一个爱孩子、爱亲人的人只会恨那些想让他们改变信仰的人。此外，人们对自己接受的特定教义了解越多，这种怨恨就越是强烈。这样，我曾经相信信仰，现在就会被迫看到，信仰的教义恰恰破坏它们应该产生的东西。

对于我们这样的人来说，这个陷阱很明显。我们这样的人生活在有着不同信仰的国家，目睹天主教轻蔑而自信地彻底拒绝新教和东正教，而天主教遭受的则是东正教对天主教和新教的那种鄙视，以及后

---

① 旧礼仪派：俄罗斯东正教会中的一个反国教派别，亦称老信徒派。该派反对尼康和彼得一世的改革，成员多为下层贫民群众和低级教士。他们反对政府的横征暴敛，宣传平均主义和无政府主义，17世纪下半叶形成了强有力的反国教势力，曾遭沙皇的残酷镇压。
② 新反对者派：即莫洛肯派，成员多为拒绝加入东正教的农民。

者对另外两者的那种鄙视，而旧礼仪派、俄国福音派和震颤派，以及其他宗教信仰也未能逃脱这同样的怨恨关系，致使我们最初迷惑不解。

我们对自己说："不，不可能那么简单。不过这些人还没有看到，当两个观点完全矛盾时，作为信仰基础的真理不会存在于其中任何一个。这一定有某种原因，一定有某种解释。"我本人认为是有的，而且寻找了。我阅读了能找到的所有相关材料，尽可能向更多人请教，但得到的唯一解释是轻骑兵的解释。他认为自己的军团世界第一，而他的朋友长矛轻骑兵也这样看待自己的军团。所有宗教的神职人员，作为其宗教的杰出人物，都告诉我只有他们的信仰是正确的，其他信仰都是错误的，而且他们能为犯错者所做的是为他们祈祷。我找到大修道院院长、主教、长老和苦行修士，问他们这一问题，只有一个人勉强向我解释了这一陷阱，但这一解释非常糟糕，让我无心再向任何人提出问题。

我说过，对于每个皈依的非信仰者（我把目前的年青一代都算作这一类人）来说，主要的问题是，为什么真理存在于东正教而不存在于路德教或者天主教？他在中学接受教育，只知道农民所不知道的，那就是新教徒和天主教徒都断言，自己的信仰是唯一真正的信仰。历史证据遭到各方歪曲，均不足为信。

我已经说过，要使这些差异的消失产生更高层次的知识，正如这些差异对那些真诚信仰者来说已经消失，这难道不可能吗？我们不能继续前进赶上旧礼仪派吗？他们断言我们画十字、唱哈利路亚以及在祭坛周围移动的方式，都跟他们不一样。我们说："你们相信尼西亚信经，相信所有圣礼，我们也相信。"然后我们再加上一句："遵守这一点吧,而其余的,你们随便。"之后,这会将我们跟他们联合在一起,我们双方都视信仰的要点高于非要点。而且,我们对天主教徒说:"你们相信某些重要事物的存在,对于涉及圣灵是来自圣父还是圣子,以及是否坚持教皇的最高领导的争论,随便吧。"难道不行吗?我们把同样的话说给新教徒,并在真正重要的事情上与其联合,难道不行吗?另一位争论者跟我看法一致,不过又说,这样的妥协会招致责备,说那些神职人员已经渐渐远离祖先的信仰,而赞成分歧,而教会权威人士的职责,是保持祖先传下来的俄罗斯希腊东正教信仰的纯洁性。

之后,我全都明白了。我在寻求信仰这一生命的支柱和力量,而这些人在寻求人们眼中履行某些义务的最好方式,而且因为不得不处理世俗事物,他们就以普通人的方式履行了这些义务。不论他们怎样喋喋不休,说自己为教友们所犯的错误深表同情,说自己在上帝面前为他们祈祷,说对于世俗事物来说,武力是必要的,人们过去、现在、将来都使用武力。如果两个宗派都认为真理在自己一方,而对方的信仰是谎言,那他们就会宣讲自己的教义,希望教友皈依真理。如果错误的教义教给了没有经验但仍然走真理之路的教众,教会只能焚烧书籍、驱逐引诱教众误入歧途的人。那些分裂教派的信徒,在狂热拥护东正教宣布为虚假的信仰时,误导其教众,该怎样予以惩罚呢?除了砍头或者囚禁,还能怎样惩罚呢?在阿列克谢·米哈伊洛维奇[①]时

[①] 阿列克谢·米哈伊洛维奇:彼得大帝之父,俄国沙皇,1629—1676年在位,笃信宗教。

代，会把人烧死在火刑柱上，这是当时最严厉的刑罚。在我们这个时代，也使用最严厉的刑罚，那就是判处单独禁闭。当我环顾周围，看到以宗教名义所做的一切时，我感到恐惧，几乎彻底脱离东正教。

其次涉及教会与生命问题的关系，就是它与战争和处决的关系。那是俄国战争时期，俄国人以基督教之爱的名义杀害自己的教友。不想到这一点是不可能的，不明白杀人是一种罪恶是不可能的，因为杀人违背任何信仰的首要教义。然而，在教堂里，人们却为我们军队的胜利祈祷，宗教导师也竟然接受这些杀人行为，认为这是信仰的结果。不但战争中杀人得到赞同，在战后的混乱中，教会权威人士、牧师、僧侣、修士都赞同杀死犯错误的无助青年。我环顾周围，看到基督信徒的种种行径，感到恐惧。

第十六章

从这时起，我不再怀疑，而是开始坚信我所加入的信仰并不全是真理。以前，我本应该说，这个信仰中一切都是虚假的，但是现在，我不可能这么说了。

人们了解真理，这一点无可置疑，否则他们不可能活着。此外，我也可以了解真理；我已经按照真理去生活了，感到了它的力量，但它也有错误。对这一点我不会怀疑的。然而，曾经使我感到厌恶的一切，现在生动地出现在了我的面前。虽然我看到，因为虚假而使我厌恶过的东西，在人们中间要比在教会的代表人物中间更少，我也看到，在人们的信仰中，虚假的东西跟真实的东西混在一起了。

那么，这真理和这谬误来自何处呢？谬误和真理都是从所谓的教会传给人们的，二者都存在于所谓的神圣传统和经典中。这样，不管我是否愿意，都要研究和分析这些传统和经典了。这是我一直不敢去研究的。我开始研究神学，而我曾认为它毫无用处而对其不屑一顾。那时，神学在我看来是一派胡言，无利可图，无足轻重，因为我周围都是生活现象，我觉得它们清晰而充满意义。现在，我本应该高兴地摈弃与健康的精神状态格格不入的观点，但却不能。

在这一教条基础上建立的，或者至少密不可分的，是对我最近发现的生命意义的唯一解释。以我那老旧而固执的观念来看，无论它看起来多么奇怪，却是唯一的拯救希望。要理解它，就必须小心谨慎地研究它，不能像我理解科学知识那样去理解它。我已经意识到了宗教探究的特性，但我并没有去寻找，也不能去寻找。

我不会试图解释一切，我知道对整体的解释，就像万物的开端那样，隐藏于无限之中。不可理解的事物必然有一个起点，我希望被带向那里；我希望一直未被理解的事物就保持现状，不是因为探究的冲动并不正当而自然（所有这种冲动都是正当而自然的，没有它们，我无法理解任何东西），而是因为我已经得知自己思维的限度。我希望理解，以便每一个未得到解释的问题在我的理性看来必然不可解释，也不是信仰必须有的一个部分。我从不怀疑信条包含真理和谬误，而且我必定要将一个与另一个分开。我开始这么做了。我对虚假和真实的发现结果，以及得到的结果，构成这一著作的第二部分，如果认为它必要的话，如果它对什么人都有用的话，将来有一天就有可能得以发表。

结 论

以上内容是我三年前写成的。

前几天，再次阅读这一部分之后，想起写作时内心的一系列想法和情感之后，我做了一个梦。

这个梦以浓缩的形式为我重复了自己的经历和描述的一切。所以，我认为对其进行一番描述，对那些已经理解我的人来说，或许能使这些纸张上详细描述的一切更加清晰，有助于重温对它的记忆，并将其集中为一个整体。

我正躺在床上，既没有感到特别舒服，也没有感到特别不舒服。我开始想躺着是不是个好主意，这时，我的双腿不知怎么的感觉不舒服；是床太短了，还是做得不好，我不清楚，但肯定有问题。我把腿动来动去，同时开始想我躺的方式是怎样的，以及躺在什么上面了。以前这从未困扰过我。我仔细检查了那张床，发现我正躺在细绳编织的网上，这张网固定在床架的几个边上。我双脚的脚跟放在一根细绳上，双腿在另一根细绳上，这让我感觉不舒服。我不知为什么意识到细绳都是可以移动的，就用双腿把那根绳子推开了，在我看来这样会舒服一些。但是我把绳子推得太远了，我想用双腿把它钩住，但因为这一动作，另一根绳子离开了身体下面的位置，于是双腿垂了下来。我移动身体，想恢复正确位置，相信不会很难，但这一动作使身体下面的其他绳子离开了原来的位置，我发现自己的位置不如原来了；整个身体下沉，吊在那里，两腿没有接触地面。我把后背上半部分抬起来，现在不但难受，而且感到恐惧了。我开始问自己前面有什么没有想到的。我问自己我在哪里，正躺在什么上面。我开始往周围看去，先往下面看，看我身体下沉的方向，觉得很快就会掉下去。我往下看去，不敢相信自己的眼睛。

我所在的高度，远远高于最高的塔或者山，远远超过我以前对高度的理解。我甚至不明白能否看到下面有没有什么东西。我悬在那个无底深渊的上方，感觉正被拽下去。我的心脏停止了跳动，头脑中满是恐惧。朝下看太可怕了。我感觉如果朝下看，就会从最后一根细绳上滑落下去摔死。我不再看了，但是不看的话会更加糟糕，因为我会想，如果最后一根绳子断了，马上会有什么结果。我感觉在恐惧中正失去最后一丝力量，背部正逐渐下沉。再过片刻，我就要掉下去。

之后，我马上想到，这不会是真的，这只是个梦，我会醒来的。我竭力让自己醒来，但却不能。"怎么办？"我问自己。提出这一问题时，我朝上面看去。

上面延伸着另一条鸿沟。我往里面看去，想忘记下面的深渊，也的确忘记了。这无尽的深度使我厌恶，让我恐惧；这无尽的高度吸引着我，使我感到满足。最后几根绳子尚未从身体下面滑走，我依然躺在上面，悬在空中。我知道自己正这么悬着，但只是朝上看着，就不再恐惧了。就像梦中发生的，我听见一个声音说："注意，它在那里！"我努力朝上方无尽的深处看进去，感觉它使我平静了。我想起了发生的一切——我如何移动双腿、如何被留在空中、如何感到恐惧、如何因为仰望而不再害怕。我问自己："现在，我不是还悬在空中吗？"我没有看，四肢就感觉到了固定住我的支撑物。我感觉自己不再悬着，也不再下落，而是牢牢地固定着。我问自己我怎么会固定在那里。我摸了摸自己，往周围看去，发现身体中部下面有条绳索支撑着我。朝上看去，我发现自己正平衡地躺着，之前只有这条绳索支撑着我。就像梦中发生的情况一样，借以支撑我的那个机制在我看来是自然而然的，很容易理解，不必怀疑，尽管这一机制在我醒着的时候没有明显的感觉。在睡眠中，我甚至吃惊，自己以前竟然没有明白这一点。我的床边立着一根柱子，虽然没有什么可以让它立在上面，其坚固性也不容置疑。这根柱子上有一根绳子，固定得很巧妙、很简单，如果我横躺在这根绳子上朝上看去，毫无疑问我会掉下去。这一切对我来说显而易见，我心情舒畅。似乎有人对我说："一定要记着！"我醒来了。

列夫·托尔斯泰
1882年